Alex Gfeller

Land & Leute
Zwei Erzählungen

Band 54 der Reihe Litprint
Lenos, Basel

Copyright 1980 by Lenos, Basel
Alle Rechte vorbehalten
Satz: Lenos, Basel
Gestaltung: Konrad Bruckmann
Umschlagbild: René Ramp
Printed in Switzerland
ISBN 3 85787 073 7

Pauls Abend

Den anderen Automobilisten ins Wageninnere starren. Oder beim Rotlicht vorne, wo die beiden Wagenreihen versetzt halten, auf die Radkappen blicken, die Profiltiefen der Reifen abschätzen. Die Frau, die sich neben dem Fahrer befindet, beurteilen. Zwischenhinein wieder kurz anfahren, abbremsen, anhalten, Gang herausnehmen. Da die Strasse nass ist, Wasser an die Windschutzscheibe spritzen, Wischer betätigen, bis die Sicht wieder klar ist. Auf die öffentlichen Verkehrsmittel Rücksicht nehmen, den Autobus herausfahren lassen. Dichter, aber zügiger Stadtverkehr. Rücksichtsvoll fahren, wie in den Staaten, wie im Film.

Dazu eine gepflegte Cocaine-Version aus dem Kassettenrecorder. Oder Bob Dylan and the Band. Eine Marlboro nach der andern. Der kleine ausklappbare Aschenbecher im Armaturenbrett, randvoll: immer vergisst er, ihn beim Tanken zu leeren. Er wirft die Stummel aus dem Seitenfenster. Er ärgert sich über das Scheppern des Wagenhebers im Kofferraum, wenn der Wagen über Fahrrinnen hoppert; seit einem halben Jahr hat er sich vorgenommen, den Wagenheber wieder ordnungsgemäss zu befestigen, bei Gelegenheit; der zerstochene Reifen liegt ebenfalls immer noch unrepariert hinten drin.

Er erinnert sich an den Dialog zwischen dem Freibeuter und seinem Sohn, an die gekaperte Fregatte, die aufs offene Meer hinaussticht, dem Sonnenuntergang nach. Wo fahren wir hin, Vater? Wir können nicht mehr zurück. Vorwärts, mein Sohn, westwärts, in ein Land, wo Freiheit und Gerechtigkeit herrschen, wo alle Menschen gleich sind. To America? Yes, my son, to America. The End.

Er gleitet, er wird geleitet. Er zwickt aber das Fahrzeug plötzlich aus dem Strom, er kennt sich aus, er tut, was er nicht tun dürfte. Schon tausendmal gemacht. Unten in der Aarbergergasse ist eine Lücke. Man dürfte nicht in die Aarbergergasse hineinfahren. Mit dieser Lücke hat er gerechnet. Er blickt sich aber trotzdem um; er möchte nicht gleich in eine Diskussion über die Interpretation von Verkehrsregeln verwickelt werden. Doch lovely Rita, meter-maid, ist weit.

Jetzt gleich wieder weg. Umkehren, solange es noch vernünftig ist. Es hat keinen Sinn, es bringt nichts, du weisst es, das ist deine gesicherte Erfahrung. Die Wehmut verklemmen. Tu doch nicht so. Du stellst das Auto hier ab wie üblich. Geh prassen. Nein, geh nach Hause. Gib's auf. Geh ganz einfach nach Hause. Einfach umkehren, das ist einfach. Du brauchtest gar nicht auszusteigen; du könntest einfach aus der Parklücke wieder heraus. Wenn ein Polizist käme, könntest du immer noch vorgeben, du habest dich getäuscht, es sei leider ein Irrtum deinerseits. Du habest dich verfahren, das kann jedem mal passieren.

Wieder die schnelle, laute Wehmut. Diese Zwangshandlungen. Er steigt aus, ganz hastig, als hätte er dringend was zu erledigen. Dabei hat er Zeit, viel Zeit. Aber sein Aussteigen soll einen anderen Anschein erwecken, denn kein vernünftiger Mensch stellt sein Auto grundlos mitten in der Stadt ab. Wenn ihn jemand fragen würde, aufhalten und fragen, was er hier wolle, es sei eine Verkehrszählung oder eine Erhebung des Stadtplanbüros, so könnte er plausibel Auskunft geben. Er sei mit dem Auto hier, um einen Kühlschrank abzuholen. Er habe das Bein gebrochen. Seine Mutter liege im Koma. Er spreche nicht Deutsch. Das Auto habe einen Defekt.

Wenn er es also hier am Rand hinstellt, fällt es nicht auf. Zudem, das nimmt er sich vor, das nimmt er sich immer vor, wird er höchstens eine halbe Stunde hier bleiben; die Wahrscheinlichkeit, um eine Parkbusse herumzukommen, wird also zunehmen. Er tritt unter die Lauben, weicht den entgegenkommenden Leuten aus und überfliegt kurz die Speisekarten vor den Restaurants. Warum sollte er nicht in die Stadt gehen? Warum sollte er zu Hause bleiben? Was sollte er zu Hause tun? Er braucht sich doch nicht zu Hause zu langweilen. Er kennt das: zu Hause sitzen und sich fragen, warum man da sitzt, was man da eigentlich macht. Oder die Hausarbeit, das geschäftige Tun für nichts und wieder nichts. Die Augenblicke, wo er sein Notizbuch durchgeht, auf der Suche nach Namen, nach Telefonnummern. Grad dann ist es unmöglich zu telefonieren. Die Angst vor Absagen. Jedesmal ein Stück von ihm, bis von ihm nichts mehr übrig bleibt.

Es ist kalt, es nieselt leicht, er fröstelt. Eilig geht er die Gasse hinauf und biegt in den Hof ein. Er blickt zu Boden beim Gehen; er möchte niemandem begegnen. Im Hof stehen bei schönem Wetter Stühle und Tische; Palmen grenzen das Café vom übrigen Geschäftsbetrieb ab. Im Sommer, wenn es heiss ist, ist es da angenehm kühl. Beim Uhrengeschäft vergleicht er die Zeit der elektronischen Uhr mit derjenigen seiner Armbanduhr, ohne auf die Zeit zu achten. Die Stühle und Tische sind aufeinandergestapelt, die Palmen hat man auf die Seite geschoben. Er blickt kurz in die Schaufenster, schaut Windsurfer, Rollbretter und Plattenhüllen an. Die neuen Platten geben sich mörderisch; hässlich sein ist schön. Sie interessieren ihn nicht, er versteht nichts davon. Er ist bei den Beatles und den Rolling Stones stehen geblieben, doch das bringt nichts mehr, die Zeit ist hin.

Gegenüber der Laden mit dem billigen Bücherramsch, die schnellen Reisser, die Anthologien und die Wischiwaschisammlungen. Wenn es einen neuen Asterix gäbe, würde er sich freuen. Aber einen neuen Asterix gibt es schon seit einiger Zeit nicht mehr, zudem hat er vom plötzlichen Tod des einen Asterix-Machers aus der Zeitung erfahren. Den Früh- und spätporno mag er auch nicht. Das Mächen sitzt im Laden, die Verkäuferin mit der Sammetjakke. Der versucht er zuzuwinken, kurz, zaghaft und verschämt, doch sie ist in ein Gespräch mit einen Jesusfreak vertieft, würde ihn auch sonst nicht zur Kenntnis nehmen. Immerhin hat sie gelacht, als er ihr einmal vorgeschlagen hat, vor ihren Augen ein Rocklexikon zu fressen. Er sieht ein paar Typen zum Spielsalon hinaufgehen, da könnte er auch hin. Doch da würde er Münzen kiloweise einwerfen und nie auch nur ein Freispiel erreichen. Die Spielsalonatmosphäre reisst ihm am Nerv, der Wixgeruch sitzt da drin, und lustig ist's noch nie gewesen. Er steht unschlüssig vor der Glastür, blickt durch die Scheiben ins Bistro hinein. Der Stummfilm geht weiter. Die paar Leute wie in Trance, unter Wasser, ein Aquarium mit bunten Lichtern, die Giftflaschen oben auf Glastablaren aufgereiht; er kann die eintönige background-Musik förmlich riechen.

Trotzdem stösst Paul die Glastür auf, es steht 'stossen' dran. Es hat nicht viele Leute so spät am Nachmittag, da läuft nichts, da ist keiner da. Er möchte gleich umkehren, doch er setzt sich trotzdem an den vordersten Tisch. Es soll unverbindlich wirken. Er betrachtet die wenigen Leute, die in den Ecken sitzen, so weit wie möglich voneinander entfernt. Der Mann auf dem Rollstuhl drängt sich durch die Glastür; Paul schaut zu, wie ihm der Kellner die Tür hält. Der rollt zu ihm hin und fragt, ob da noch frei sei. Paul betrachtet den Rollstuhl, eher ein Dreirad mit Rückspiegel. Sagt: Ja, bitte. Da kann man gleich zwei Bier bestellen. Er kennt das. Der andere nickt, das ist sein tägliches Bier. Er kramt in einer Plastiktasche, die er seitlich am Rollstuhl angehängt hat und reicht ihm zwei Briefchen Zündhölzer herüber, auf denen, gold und weinrot, Reklame für Intimmassage gemacht wird. Der Kellner bringt das Bier, stellt es wortlos hin. Der Mann im Rollstuhl sagt: Ah, ein Sauwetter, heute, Paul nickt. Jaja, ein Sauwetter. Immer ist Sauwetter. In diesem Klima ist immer Sauwetter. Er hat dem Mann vor einem halben Jahr mit Klebeband ein elektrisches Kabel an einem Rohr, das unter dem Rollstuhlsitz durchführt, befestigt. Hält das Kabel noch?, fragt er ihn. Der nickt, der weiss das noch, der ist aufmerksam. Das Kabel hält. Jetzt kann er die Mappe unter den Sitz schieben, ohne dass sie immer am Kabel hängenbleibt.

Paul dreht sich um und betrachtet ein grosses Bild an der Wand. Die nackte Frau auf der Couch, die ihren grossen Arsch dem Publikum entgegenstreckt. Im Aarbergerhof, so spät am Nachmittag, läuft nichts, ist niemand da, da ist nichts los. Sehr schön. Ein paar Typen, die er hier schon oft gesehen hat, die er aber nicht kennt, treten ein. Sie sprechen Tschechisch. Denen scheint es gut zu gehen. Das sei das Slawische, hat er erklärt bekommen, kürzlich. Das sei halt so. Die hätten eben ihren eigenen Drive. Das sei halt lebendig, das sei halt überlegen, das sei nicht so träg wie alles hier. Das könne die unheimlichsten Sprünge machen und die Eigenkomik behalten.

Er steht auf und geht zu den Zeitungen hinüber, die an Stangen von der Wand hängen, die gepflegten und die seichten, die einflussreichen, die dem Leserniveau angepassten. Einigen kann er nur am Samstag etwas abgewinnen, wenn die Beilagen dabei sind, den andern gar nichts. Er nimmt den Blick, blättert ihn durch, liest das Horoskop und den Witz am Schluss und hängt die Zeitung wieder auf. Das Geschäft mit den Zukurzgekommenen. Er blickt auf die Plakate an der Wand; hier pflegt man die Plakate dekorativ aufzuhängen. Plakate von Ausstellungen und Veranstaltungen. Das gibt den Insider-Touch. Man ist dabei, auch wenn man nicht dabei ist. Panamarenko mit dem atemberaubenden Zeppelin, darunter schaut der verkehrte Baselitz hervor, schon halb zugeklebt auch der Rätz. Ein paar Frauen treten ein; schnell überlegt er, ob er sich irgendwie an sie heranmachen sollte, aber sie blicken sich kaum um und setzen sich in eine entfernte Ecke, unablässig leise tuschelnd, da gibt's aufgeregte Gespräche. Er setzt sich wieder hin und blickt sich nach dem Kellner um, winkt ihm, bezahlt zweisechzig, trinkt nicht mal das Bier aus, sagt dem Mann im Rollstuhl, er müsse jetzt gehen. Dieser nickt, sagt auf Wiedersehen, und auch er sagt beim Weggehen über die Schulter auf Wiedersehen.

Er geht hinaus, überlegt sich, ob er ins Kino gehen soll. Das Cinéma Studio ist nicht weit. Die Bilder zeigen eine französische Schwarte mit der Annie Girardot. Nein danke. Er erinnert sich an eine langweilige Sonntagnachmittag-Vorstellung in einem Pariser Vorortskino; ein Saal, gefüllt mit gutgelaunten Sonntagnachmittag-Franzosen; die haben ihre Annie Girardot sehen wollen, haben sie gesehen, waren froh, dabei war's nichts, nichts. Keine Überraschungen, keine Sensationen, das Kino war nicht die beste aller Welten. Dazu all die Franzosenkinder, die haben getan, als wären sie gar nicht im Kino.

Er dreht sich auf dem Absatz um und geht in die Aarbergergasse zurück, wendet sich nach rechts, streicht den Schaufenstern entlang, überquert den Waisenhausplatz, hütet sich, die Polizeikaserne anzublicken, die sich bieder gibt, schreitet die Zeughausgasse hinab am Volkshaus vorbei, Brüder, zur Sonne, zur Freiheit, unter dem Kornhaus durch, über den Fussgängerstreifen, zum Piri. Café des Pirénées, hier beginnt die Unterwelt.

Im Piri sitzen schon viele Leute, da zwängt er sich hinter einen Tisch auf eine Bank der Wand entlang. Er blickt sich um, schaut, wer sonst noch hier sitzt. Da wird herumgesessen, gehockt, auf Schemeln, überall zusätzlich an die Tische gestellt. Die üblichen Pirileute, die da herumsitzen, die da immer herumsitzen. Dort vorn sitzt der Sozialfall. Der ist stolz auf seinen Sozialfall, pflegt ihn und möchte ihn nicht missen. Daneben ein paar Mädchen in der üblichen Brockenhauskleidung, die können nie Auskunft geben, beantworten Fragen mit einem erstaunten Augenbrauenhochziehen, sind der Freundlichkeiten überdrüssig oder sind sie nicht gewohnt. Dann, etwas abgesetzt, die Gret, das Hürchen, das macht den Autostrich mit einem gewissen Genuss, wie sie sagt. Die hat genug gehabt vom Haushalt, hat diesen vernachlässigt, wie man sagt, hat nur noch Joghurt gegessen, hat das beste gemacht, was sie mit den Männern machen konnte. Seitdem sie sich dafür bezahlen lässt, hat sie ihr Selbstvertrauen wieder und ein gutes Auskommen. Im hinteren Teil der Gaststube sitzen ein paar Philosophen und philosophieren, oder sie blicken zumindest philosophisch drein. Daneben ein paar Fixer, die auf die Dinge warten, auf welche Fixer noch warten können.

Seine Grossväter sind beide ausgewandert, um die Jahrhundertwende, hatten das Hüterbubenleben und die ständige Angst vor dem Verhungern satt. Nach Wisconsin, nach Argentinien und nach Melbourne der eine, der andere nach London, doch der ist zurückgekehrt, dem verdankt er seine Existenz.

You bloody foreigner!, brüllte der englische Soldat, den der Grossvater vor die Tür stellte, als er in der Gaststube betrunken randalierte. It's not easy, sagte er leichthin, als er sich wieder den übrigen Gästen zuwandte, ihnen Spaghetti alla napolitana auf die Teller häufend. An der Baker Street, nahe beim Regents Park, derweil seine kleinen Töchter das Spiel vom Pinch Me spielten. Adam and Eve and Pinch Me, they went to the sea. Die Marne-Schlacht war in vollem Gange.

Der Kellner Isidor kommt. Was willst du? Bring mir eine Stange, nein, einen Becher!

Black out.

Der Becher ist gebracht worden. Das Glas steht vor ihm.

Auf der anderen Seite, mit dem Rücken zum Fenster, sieht er den Zelli sitzen, wie üblich in einer abgewetzten Prince-de-Galle-Jacke, ein buntes Halstuch umgeschlungen. Neben ihm sitzt der andere Maler, der blonde, im schwarzen Cape; der saugt an seiner Pfeife. Auch zwei Frauen in abgetragenen Kleidungsstücken sitzen dabei und blicken unglücklich, ebenfalls die Frau, die laute, die mit der eigentümlich rauhen Stimme und den verbrauchten Augen. Ein weiteres Mädchen sitzt mit dem Rücken zu ihm und blickt unentwegt den Zelli an, so wie alle Frauen den Zelli unentwegt anblicken und ihm verfallen.

Er steht auf, zwängt sich mit dem Bier in der Hand durch die Gaststube und sagt, während er unschlüssig vor dem Tisch stehenbleibt: Tschau Zelli!

Zelli blickt auf und grinst. Ça va? Schnell blickt er wieder weg; er mag es nicht, wenn er mitten im Satz unterbrochen wird. Er teilt Ratschläge aus: Ja, da musst du halt schauen! Meiner Treu! Du hast Nerven! Da kannst du nicht zögern! Da musst du dich halt auf die Hinterbeine stellen und die Hosenträger anziehen! Der andere Maler klopft seine Pfeife aus; die Frau lacht und ruft ihren Hund, der zwischen den Stühlen herumkriecht. Er kommt gelangweilt heran.

Paul wartet einen Augenblick, sagt nichts, blickt sich ein wenig um, langweilt sich, vergleicht sich mit dem Hund. Sie nehme ihn mit in die Badewanne, wenn sie bade, hat sie gesagt, oder auch Männer, einen oder zwei. Dann werfe sie einen Trip ein. Der Hund auch? Nein, das reue sie. Der Zelli fragt Paul, ob er ihm einen Zwanziger leihen könne, laut, vor allen Leuten, die blicken sich um, nehmen ihn erst jetzt zur Kenntnis, grinsen, warten gespannt auf seine Antwort. Er ist verlegen. Ich muss schauen. Ich will dann schauen. Er muss es sich noch überlegen. Zelli lenkt die Aufmerksamkeit wieder auf sich. Er ergreift die Hände des Mädchens, das ihn unablässig anblickt, und ruft: Deine Augen! Oh, deine Augen! Die machen mich kaputt, deine Augen! Die machen mich total fertig! Kannst sie ja in die Augen ficken! sagt eine rauhe Stimme. Gelächter.

Paul blickt die eine der traurig dreinblickenden Frauen an, die hockt auf dem Stuhl, eine schmutzige Tasche auf dem Schoss, und nestelt an einer leeren Zigarettenpackung. Sie wäre nicht schlecht, denkt er, während er sich erinnert, mal mit ihr gesprochen zu haben. Sie sei Gärtnerin, hat sie damals behauptet, arbeite in einer Gärtnerei. An ihren kräftigen Händen kann er erkennen, dass das möglich ist. Doch sein Misstrauen ist geblieben. Er hat hier schon allerhand gesehen. Einmal ist sogar ein Investment-Manager aufgetreten, in schwarzem Pelz.

Er schaut sie von oben bis unten an. Sie ist nicht schlecht, nicht zu gross und nicht zu breit. Der Busen ist auch in Ordnung. Die Lippen sind voll und sinnlich, nur die Augen schauen ein bisschen komisch. Er überlegt, wie er mit ihr ins Gespräch kommen könnte. Zelli würde jetzt sagen: Oh, du hast schöne Augen! Aber er mag sowas nicht, er würde sich nur ärgern, sowas gesagt zu haben. Zudem sitzt sie in sich gekauert, mit leerem Blick, beachtet nichts um sich herum, ihn schon gar nicht. Was soll's. Die Frau stören? Er hat sich geschworen, nie mehr was aufzureissen, wenn ihm nicht drum ist.

Zelli spricht auf die andere ein; alle hören ihm zu, lachen darüber, wie er sie behandelt. Dazu lacht der Maler, der blonde, manchmal laut auf, immer in besonders peinlichen Augenblicken. Der lacht manchmal so, als ob er viel verstehen würde. Wenn er aber zur Rede gestellt wird, kann er sich auch nicht helfen.

Paul geht schiffen, zwängt sich durch die Leute zur kalten Toilette hin, das kalte Pissoir im Piri, mit den Riesenumsätzen. Der Boden ist total verschifft, abgerissene Kleber pflastern den Weg zum Sozialismus. Lange Zeit ist an der Wand zu lesen gewesen: Hier hat Gott schifft.

Zurück in die Gaststube. Franco steht am Tisch und zieht soeben seinen Mantel aus: einen eleganten, dunkelblauen Wollmantel. Franco kommt wahrscheinlich aus einer besseren Wirtschaft, da hängen solche Stücke. Die Leute am Tisch loben den eleganten Schnitt. An Francos gezielten Bewegungen kann Paul erkennen, dass er nüchtern ist. Tschau Franco!, sagt er. Franco blickt zu ihm hin. Tschau. Franco zwängt sich in die Bank, und auch

Paul setzt sich wieder hin, zieht sein Glas herüber. Das Mädchen, das sonst jede Bewegung von Zelli beobachtet und sich keines seiner Worte entgehen lässt, fährt sich noch durch die Haare wie alle Mädchen, kurz bevor sie sich fragen: Was, das kann doch nicht alles gewesen sein?, wendet sich Franco zu und fragt ihn: wie steht's mit deiner Wohnung? Franco hat bekanntlich eine Wohnung gefunden, nachdem es schon lange her ist, dass ihn seine Freundin zum Gaudi vieler Neider aus dem Haus gejagt und alle seine Sachen aus dem zweiten Stock auf die Gasse hinuntergeworfen hat. Er sagt: Ja, das ist gut, ein guter Raum, ich tue manchmal so Zeug hinstellen, weisst, um zu schauen, wie's so ist, ich spiele ein wenig für mich.

Sie nickt, der Zelli lacht, sagt aber nichts. Er kann es gegen Franco nur selten aufnehmen. Zudem ist er nicht in Form, und Franco ist nüchtern. Sonst hätte er dem Mädchen schon längst an die Brüste gegriffen oder es zu küssen versucht. Vielleicht kommt das noch; vielleicht ist das Mädchen noch zu neu. Die Verwunderung in ihren Augen ist jedenfalls noch nicht gewichen, die Verwunderung, die sich einstellt, wenn man feststellt, dass man sich von Menschen ausserhalb mörderischer Normen angezogen fühlt. Doch das Scheitern wird schlimm sein, sie ist nicht robust genug.

Am Tisch nebenan liest einer den SPIEGEL. Paul blickt seitwärts über die Schulter und schaut, was er liest. Erdbeben in Guatemala. In Guatemala ist es auch nicht mehr so, wie es früher gewesen ist, sagt er. Der andere blickt schnell hoch, nickt und lacht, senkt den Kopf aber gleich wieder über die Lektüre.

Paul will noch eine Weile warten. Eigentlich wartet er immer eine Weile. Er wartet auf ein kleines

Ereignis, auf irgend etwas, das seine Aufmerksamkeit erregen könnte. Dann sagt er über den Tisch hin: So, ich muss gehen! Der Zelli fragt: Wo gehst du hin? Ich gehe wohl ein wenig die Stadt hinauf oder hinunter. Also tschau. Die anderen beachten gar nicht, dass er geht. Er steht auf, trinkt den letzten Schluck Bier aus, steigt über die Stühle hinweg dem Ausgang zu, an die frische Luft.

Er bemerkt die Zigarettenstummel und die zertretenen Kaugummis auf dem Pflaster, während er überlegt, ob er die Stadt hinauf oder hinunter gehen soll. Er kann sich nicht entscheiden, sagt sich, dass es besser wäre, jetzt gleich nach Hause zu gehen. Oder soll er ins Kino?

Zunächst geht er zum Kiosk hinüber und kauft sich eine Zeitung. Im Stehen blättert er sie durch und liest die Überschriften. Dabei behindert er die andern Kunden vor dem Kiosk, wird brüsk zur Seite geschubst und blickt sich ärgerlich um.

The world is full of shit. Die neuen Modelle sind da. Hinten die Kinoprogramme. Doch die Filme, die einigermassen zum Anschauen sind, hat er schon gesehen. Was neu hinzugekommen ist, ist schon von vornherein Mist. Während er die Zeitung beim Weggehen in einen Abfalleimer steckt, denkt er: Gottverdammich, Scheisszeug. Im Takt seiner Schritte denkt er: Scheissdreck, Scheissdreck, Scheissdreck. Was soll er tun? Soll er jemanden auf der Strasse anhauen? Soll er jemanden anrufen? Jemanden besuchen, damit er ein wenig zum Sprechen kommt? Bei Tee und belegten Broten? Bei lauter Rockmusik und Shit vom Blumenkistchen auf dem Balkon? Bei mitleidigem Augenblicke? Bei mitteilsamem Händefassen? Aber wohin? Diejenigen besuchen, die er hier kennt, dazu hat er keine Lust, da ist schon alles gesagt, scheint es ihm. Deshalb sagt er sich: Ich gehe ein wenig die Stadt hinunter, vielleicht passiert etwas.

Die niedrigen Lauben der Metzgergasse. Die Schaufenster der kleinen Perversitäten. Die dicke und die dünne Hure streiten miteinander. Sie fuchteln mit den Armen; ein Rehpinscher und ein Pudel werden heftig hin- und hergerissen, machen grosse Augen. Ein Zuhälter mischt sich ein und macht Ordnung. Weiter unten begegnet er gepflegten Leuten, die grad aus den Geschäften treten, boutique hier, boutique da. Die shops, wo Mutters Gemüseraffel als art decor verkauft wird zu einem Preis, der die Familie seinerzeit in den Hungertod getrieben hätte. Interieur design. Wohnungen nur zum Anschauen. Der Hässlichkeit einen lässig-gepflegten Anstrich geben. Nur teuer muss es sein.

Danach an der Karton-Kirche vorbei. Halleluja. Velos anstellen verboten. Das Rathausplätzchen. Das Café. Da geht er hinein. Der Nachteil ist, dass es schwierig ist, nur kurz hineinzublicken, denn wenn man hineinblickt, drehen sich alle um, um zu schauen, wer da hineinblickt. Also gut. Dort in der Mitte sitzen ein paar um den Johnny herum. Johnny ist ein gern gesehener Mittelpunkt. Ständig voll, erzählt er immer die gleichen Geschichten, die vom Saufen und von Weibern handeln; die Frauen setzen sich gern zu ihm, weil er zu alt ist, um ihnen noch etwas anhaben zu können. Höchstens noch ein bisschen oben und unten abtasten auf dem Heimweg, nach Wirtschaftsschluss, wie er sagt.

Paul sagt: Tschau Johnny! Tschau!, erwidert dieser, was machst du so? Ein wenig im Zeug herumlaufen. Setz dich doch! Was trinkst du? Algerier, hier nur Algerier! Also bestellt er einen Zweier Algerier. Er hat zwar Hunger, da er heute noch nichts oder fast nichts gegessen hat, und überlegt sich, ob er auch einen Käseteller bestellen soll. Doch er hat keine Lust, vor all den Leuten da sein Zvieri zu essen. Also bleibt er beim Algerier. Johnny und eine junge Frau sind mitten in einem Gespräch, erinnern sich gegenseitig an eine gemeinsame Autofahrt, die sie vor Jahren gemacht haben. Winter war's. In Toffen ist das Auto stehen geblieben. Sie konnten es nicht mehr starten, obwohl sie allerlei ausprobiert hatten. Danach haben sie der Reihe nach alle angerufen, die sie kannten, aber niemand hat Zeit oder Lust gehabt, sie abzuschleppen. Schliesslich ist der verärgerte Vater der Frau gekommen, hat das defekte Auto an seines gehängt und ist mit ihr und dem Auto weggefahren. Johnny ruft lachend aus: Er hat mich einfach stehen lassen! Und dann? Ja, was hätt' ich machen sollen? Eine Weile habe ich es mit Autostop versucht, habe lange stehen und warten müssen. Wer kommt endlich daher? Wer kommt daher? Der Dingsda. Der Bärnu. Lädt mich auf. Nimmt mich mit in die Stadt und geht grad mit mir essen, grad für hundert Franken, in die Ratsherrenstube. Total voll sind wir wieder herausgekommen, um Mitternacht, haben übrigens einen Tisch neben dem Bundesrat Dings, dem Lehrer da, von Zürich, gesessen. Dann sind wir hinuntergegangen in mein Atelier und haben da noch bis morgens früh gesoffen, Whisky und allerlei, haben uns dazu Blues angehört, und auf dem Schaukelstuhl bin ich eingeschlafen. Als ich aufwachte, ist der nächste Tag auch schon wieder vorbei gewesen. Das ist schön, der Rausch, der Blues, das Einschlafen am Morgen.

Paul betrachtet von der Seite die Frau, die neben ihm am Tisch sitzt und belustigt Johnnys Geschichte anhört. Er kennt sie nicht, er hat sie noch nie gesehen. Ein feines Gesicht mit grober Schminke. Vielleicht ist sie doof. Er sagt zu ihr: Tschau. Ich bin der Paul. Was machst du hier? Sie blickt sich überrascht um und sagt: Tschau, während ihre Verwunderung im Gesicht stehen bleibt. Scheissdreck, denkt er sogleich, das ist auch so eine, die verwundert tut, wenn man sie anhaut. Doch er sagt: Wo kommst du her? Ich bin von hier, sagt sie nach einer Weile. Die leichte Verwunderung macht schon einer leichten Verärgerung Platz. Ah, denkt er sogleich, das sind die, die sich ärgern, wenn man sie anspricht. Die hab ich gern. So? Dich hab ich noch nie gesehen. Das ist schnell mal möglich, sagt sie nach einer Weile. Sie weiss nicht, ob sie überhaupt noch einen Satz an ihn verschwenden soll. Er sucht verzweifelt nach einem Anschluss, während Johnny Lachstürme erntet. Paul lacht mit, obwohl er nicht zugehört hat. Das ist immer noch besser, als sich anmerken lassen, dass man nicht Herr der Lage ist. Was könnte ich der denn noch sagen? Aha, ich könnte die noch fragen: Hast du amore e anarchia gesehen?

Hast du amore e anarchia gesehen? Nein, aber ich habe sagen hören, dass das ein guter Film sei. Wer hat ihn gemacht? Das weiss ich nicht, ich habe ihn selber auch nicht gesehen, aber ich gehe ihn anschauen, so habe ich gedacht, du könntest mir vielleicht Auskunft geben. Oder hast du Lust mitzukommen? Sie unterbricht ihn, indem sie heftig den Kopf schüttelt. Ich hab schon was vor. Aha, denkt er schnell, das kenn ich. Mach mich nicht krank. Was die Frauen so alles vorhaben. Wenn die so viel machen würden, wie sie immer vorhaben, dann wären die nicht unterdrückt. Schade, sagt er. So, wie geht's denn so? Ein wenig verblüfft weicht sie auf dem Stuhl leicht zurück. Sie hätte nicht geglaubt, dass er auf dem Scheissgespräch beharrt. Also einer der Klötze, der Bernerklötze, der unsensiblen. Er sieht zwar gar nicht danach aus. Sie antwortet: Du, ich kann nicht klagen. Er fragt zurück: Wohnst du hier in der Stadt? Da weicht sie aus, mag nicht mehr antworten: Ja, manchmal, manchmal nicht. Ja, manchmal, manchmal nicht!, äfft er in Gedanken nach. Diese Kerkergespräche unter freien Menschen! This is not a free country. Er wird nicht klug aus ihr. Sie beginnt ihn anzuwidern, die blöde Kuh. Bleib anständig, mein Sohn!, denkt er. Du bist ungeeignet fürs Provozieren.

Wieder Gelächter über Johnnys Sprüche.

Hinaus auf den Rathausplatz. Überlegen. Die irrealen Figuren, die sich über den Platz bewegen, ferngesteuert. In der Mitte weichen sie sich aus, indem sie zu Musette-Klängen eine leichte Pirouette drehen. Soll er jetzt nach Hause gehen? Soll er ins Kino? In irgendeinen Scheissfilm? Einen Sexfilm? Nein, da reut ihn das Geld. Dann lieber noch einen saufen. Nach Hause, Heilanddonner, was soll er zu Hause machen? Vielleicht die Wände anstarren?

Er blickt auf die Uhr. Halb sechs. Der Nachmittag ist gelaufen. Jetzt sind die Müden dran. Man könnte wieder mal in den Zähringer hinunter gehen. Aber der ist weit weg. Es gäbe zwar den Lift auf der Münsterplattform, da müsste man nur quer hinüber. Aber das Volk, das dort unten hockt, das mag er auch nicht sehen. Am späten Nachmittag ist sowieso keiner dort, ausser ein paar Geschäftsleuten und Mattesäufern. Die bleiben unter sich, die mümmeln vor sich hin. Das ist nicht zum Aushalten. Das lohnt sich nicht.

Vielleicht ist etwas – er geht die Gasse hoch. Die Kramgasse. Die mieseste Gasse der Welt. Am Zeitglockenturm vorbei: Bim-bam-bim-bam-kikeriki. Klick-klick-Kodäk-Kodäk. Look at this, honey! Take a picture! Die Marktgasse, die ist noch mieser.

Da ist er schon lange nicht mehr hinaufgegangen. Als Kind hat er die Schaufenster abgewetzt, die Spielwarenläden geröntgt auf der Suche nach etwas Interessantem. Mal schauen, was da in den Schaufenstern ausgestellt ist. Nichts Brauchbares. Lauter Ramsch. Teurer, nutzloser Ramsch. Er könnte eine Tour durch die Buchläden machen. Er tritt beim Huber ein und geht grad wieder hinaus, als er auf einem Tisch all die bunten Bestseller erblickt, schön aufgeschichtet. Nein danke. Der neueste Schwammerl, der neueste Pate, Gute-Nacht-Lektüre fürs Kaminfeuer. Schlechter Scherz. Er kämpft sich die Gasse hoch, durch den schlechten Atem der hastenden Leute. Ein Dackel kläfft ihn an, der ist vor einem Schuhgeschäft angebunden. Ich bleibe draussen! steht über dem Haken. Sauhund, denkt er, während er einer entgegenkommenden Frau direkt ins Gesicht blickt. Sie blickt ihn auch an, aber ohne ihn wahrzunehmen. Dort der Sexshop im Keller unten, dort könnte er mal hinunter. Vielleicht haben die auch diese Kinoautomaten, diese Wunderdinger, in die man ein Geldstück einwirft und dreissig Sekunden lang Lust zu Gesicht bekommt. Aber da kommt er zum Migros. Hier könnte er belegte Brote kaufen. Belegte Brötchen essen, das ist eine Idee. Er nimmt die Rolltreppe, zwängt sich auf einen roten Hocker an der Bar und sucht sich drei belegte Brötchen aus. Ei und Tomaten. Sellerie. Tartar. Er ist stolz auf seine Entscheidung und schaut sich um, was die anderen Leute ausgesucht haben. Weit hinten sitzt einer, der sich für ein Zwiebelbrötchen entschieden hat. Da kann er nur lachen.

Es muss an der Atmosphäre liegen, dass er dem Fräulein genau dahin schaut, wo ihr Name steht: Frl. Röthlisberger. Er bestellt einen Kaffee und blickt ihr nach. Kommst du von Sumiswald, Süsse?

Ich möchte dir in die Bluse greifen. Der Hintern ist auch nicht schlecht. Wie sie ihm den Kaffee hinstellt und ihm kurz zulächelt, sieht er, dass sie einen viel zu schweren goldenen Ring trägt, und sofort schlägt seine Zuneigung in Mitleid um: Armes Mädchen, du bist schon viel zu verheiratet und musst servieren, damit dein Typ seinen Alfa abzahlen kann. Du hättest dich nicht mit dem einlassen sollen. Du wirst ein Hundeleben führen wie deine Mutter. Nächste Woche wirst du ihn heiraten, dann wird's noch schlimmer.

Die beiden Hausfrauen rechts diskutieren miteinander. Er hört interessiert hin. Am Morgen früh, schon um acht, Teppichklopfen. Er schüttelt den Kopf. Die Auswinde funktioniert nicht, schon lange nicht, übrigens. Der Hausmeister besteht darauf, dass im Velokeller die Fahrräder in die Ständer gestellt werden. Und das Dreirad! Das kann man gar nicht in den Ständer stellen! Links sprechen zwei Mädchen vom Vorlesungen Abschreiben und über Seminare. Die Testatbücher!, denkt er. Oder Testathefte. Richtig. Die kommen auch. Die eine muss noch das Testat holen. Beinahe hätte sie es vergessen. Sie wird nach Korfu gehen; ausserhalb der Saison soll Korfu schön sein. Die Studenten sind nicht gewöhnliche Touristen. Sie gehen ausserhalb der Saison nach Korfu. Die andere spricht von der Normandie. Aber die Normandie kommt gegen Korfu nicht auf, denn nach Korfu fliegt man.

Er überlegt, ob er ins Plattenstudio hinaufgehen soll. Platten anhören, das tut man doch, wenn man sich in der Stadt langweilt. Einmal ist er hingegangen, aber da waren lauter Schulkinder, die ihre Hits hören wollten, Punk und Disco. Er beschliesst, dass ihn Musik nicht interessiert. Sie interessiert ihn nicht, diese Musik.

Er rutscht vom Hocker, durchquert die schöne Kunststoffwelt und lässt sich von der Rolltreppe wieder in die Gegenwart hinunterschwemmen.

Beim Käfigturm betrachtet er die Kinoplakate. Überall die grässlichen Schwarten. Er wundert sich, dass so viele Leute all diese Filme anschauen. Liegt's an den Filmen oder an den Leuten? Jetzt fällt ihm ein, dass er Milch und Brot kaufen sollte, damit er zu Hause wenigstens mit seinem Milch-Kaffee-Butterbrot-Programm weitermachen kann. Er überquert den Platz, der eine Art Treffpunkt für schicke Typen und Rentner geworden ist, geht in den Merkur, lässt sich die Treppe hinuntertragen, durchquert im Schnellgang die Naturalien, greift sich mal hier, mal dort was, packt bei der Kasse alles in einen grossen Papiersack, zwängt sich durch die verstörten Feierabend-Einkäufer, wird wieder an die Luft hochgespült und hält sein Paket mit beiden Händen fest.

Musik Bestgen. Da steht er lange vor dem kleinen Schaufensterkasten, wird hin- und hergestossen von der Menge; er hat eine Schwäche für Musikinstrumente. Schliesslich geht er in den Laden, einmal um die Musiktheke in der Mitte herum, betrachtet die Instrumente, die überall aufgestellt sind, überlegt, ob er mal auf so einem Trommelchen trommeln dürfte. Aber das stört nur. Er möchte nicht in ein Gespräch verwickelt werden. Also tritt er aus dem Geschäft und wird von der hastenden Menge stadtaufwärts getrieben, obwohl er dort gar nichts zu suchen hat.

Er biegt in eine Seitengasse und kommt wieder zum Cinéma Studio, dort läuft immer noch die Annie Girardot. Gut. Er geht hinein. Der Teppich dämpft sofort seine Schritte. Ich möchte gern ein AHV-Billet, sagt er dem Kassenfräulein. Die lacht nur.

Der Film hat schon längst begonnen. Er mag es so. Die Filme werden dadurch oft interessanter. Er setzt sich im Finstern hin und ärgert sich, dass er nicht sehen kann, wieviele und welche Leute sonst noch im Kino sitzen. Er fühlt sie, spürt ihr Atmen. Sie sitzen verstreut in den Sitzreihen. Sie lauschen aufmerksam und blicken gespannt auf die Leinwand. Die Szenen wechseln schnell. Da ist eine Dramatik drin, die ihn überrascht. Türen werden zugeschmissen, es wird gerufen, Treppenhäuser rauf, Treppenhäuser runter; und das soll nicht anständig sein. Autos fahren durch die Strassen von Paris, man befindet sich im Innern eines französischen Kleinwagens und hat den Eindruck, in einem Luxusfahrzeug zu sein. Im Film sehen die Autos viel sauberer aus, besonders die französischen. Die Sonne lacht, die Annie weint hinter der Windschutzscheibe. Es fehlen nur die Scheibenwischer, die monoton hin- und herwischen. Aber es regnet ja nicht. Frankreich ist ein Touristenland; er geht gerne hin. Jetzt ist grad Pause. Auf der Leinwand erscheint ein riesiges Eiskrem, das ihm gefällt. Er stellt das Paket auf den Nebensitz und steht auf. Es sitzen viel weniger Leute im Raum, als er sich vorgestellt hat. Er ist froh darüber. Im Foyer kauft er sich ein Schokoladeeis und betrachtet die Filmbilder, die nichts aussagen. Eine Bettszene. Ob die noch kommen wird? Das Publikum steht herum, raucht und tut, als sässe man nicht im gleichen Film. Jedermann steht am Rand und beobachtet die andern, blickt weg, wenn jemand etwas Auffälliges tut wie das Standbein wechseln, die Zigarette ausdrücken, das Taschentuch hervorkramen.

Der Gong ist viel zu laut, dauert viel zu lange. Man hört ihn schon, bevor er ertönt; er klingt noch nach, wenn man schon längst wieder im Sessel sitzt.

Die Annie heult weiter, die Ringe unter den Augen sind ungefähr fünf Quadratmeter gross. Sie raucht eine Frauenzigarette. Man sieht ihre Zähne, viel zu gross für so ein Weib. Die Falten im Gesicht lachen trotzdem, denn sie verdient gut, als französischer Filmstar. Jetzt kommt die Bettszene! Richtig dramatisch, wie da die reife Frau spielt, denn sie will, nein, sie will nicht, doch, sie will. Von ihm sieht man immer nur den Rücken und den sauber rasierten Haaransatz im Nacken.

Ein tadelloser Absteller. Nach einer Viertelstunde nimmt Paul das Paket vom Sitz, steht auf und geht hinaus. Er ist überrascht, dass es draussen schon dunkel geworden ist in dieser kurzen Zeit. Das ist gut so, das mildert das schlechte Gewissen.

Der Aarbergerhof ist gleich da drüben. Er geht wieder hin. Schon wieder. Diesmal ist es anders. Die Büros und Geschäfte haben geschlossen; die Leute sitzen drin. Viel Volk, anderes Volk. Die Musik ist lauter, und die Kellner gehen eifrig hin und her. Er fällt nicht auf, denn andere Leute stehen auch unter der Tür, blicken sich um. Ein Schwatzen ist das! Er erblickt eine frühere Freundin mit einem Unbekannten in der Ecke; Erika, die mit ihm mal nach Australien hat auswandern wollen, um irgendwo in der Wüste nach Opalen zu pickeln, um eine andere, eine neue Existenz aufzubauen. Sie hatte sich schon Strassenkarten von der Wüste besorgt. Viel gelb und wenig rot.

Auf der anderen Seite sitzt Ursula mit zwei andern; die stecken die Köpfe zusammen und wollen die Frauen befreien. Bei Ursula geht das immer schief, denn am liebsten wäre sie einfach Hausfrau. Weiter hinten neigt sich der Typ, der in Südafrika gewesen ist, weit über die Theke und streckt der Barmaid das leere Bierglas hin. Er trägt die gewürfelte

Jacke, die er dort gekauft haben will und ist noch nicht ganz voll. Dazu andere Leute, viele Leute, junges Publikum, alle Tische sind praktisch vollständig besetzt.

Die Kellner eilen umher, zwängen sich zwischen den Stühlen durch und witzeln, sind noch nicht müde, bereiten im hintern Teil die Tische für diejenigen vor, die essen wollen. Unschlüssig steht er herum, wird von Gästen, die herein und hinaus wollen, hin- und hergeschoben, setzt sich dann zögernd neben Ursula hin, nachdem er einem Gast, der grad bezahlt hat und aufsteht, den Stuhl beinahe unter dem Hintern weggezogen hat. Die beiden Frauen neben Ursula verabschieden sich langfädig; ein langes Hin und Her, endlich gehen sie hinaus. Ursula dreht sich erstaunt zu ihm hin. Tschau, sagt sie und zeigt ein schiefes Lächeln. Er nickt und denkt: Nein, mein lieber Gott, behüt mich vor der!

Da kommt einer daher, setzt sich auf der anderen Seite zu Ursula hin, nestelt geschäftig in seinen Taschen, findet endlich die Zigaretten und beginnt gleich ein Gespräch über Brüder und Schwestern, Leute und Eltern, Friedhöfe und Automotoren. Paul setzt sich nach einer Weile wortlos an einen andern Tisch, wo er niemanden kennt. Da sitzen ein paar gepflegte Frauen mit prallen Einkaufstaschen. Sie haben sich verspätet. Sie haben sich viel zu sagen, blicken aber ständig auf die Uhr: der Herr wartet zu Hause. Paul versucht herauszufinden, was sie eingekauft haben, kann es aber nicht erkennen. Alles ist in Tüten verpackt; Tüten von teuren Geschäften.

Ihm gegenüber sitzt ein Paar dicht nebeneinander. Sie trägt ein schwarzes, formloses Kleid mit einem tiefen Ausschnitt; da blickt er hinein und betrachtet ihre grossen Brüste; weiter oben ein lachendes Gesicht mit vielen schlechten Zähnen. Der Mann neben ihr ein nerviger Langstreckenläufer mit silbernen Ringen an allen Fingern, auch mächtige Bijouterie an einer Kette um den Nacken, dazu ein kragenloses Folklorehemd, wie es hierzulande die Bauern früher getragen haben. Sicher ein Künstler, eher ein Kunsthandwerker. Die beiden studieren die Speisekarte, zeigen mit langen, eleganten Zeigefingern auf exotische Menus und lachen hin und her.

Paul erinnert sich an grosse, feste Brustwarzen, eine angenehme Erinnerung. Die beiden entscheiden sich für eine Pizza. Der Kellner bringt die Papierunterlagen, das Besteck und die Papierservietten. Paul merkt, dass er noch nichts gegessen hat. Bring mir die Karte, sagt er zum Kellner, oder nein: Bring mir auch gleich eine Pizza!

Interessiert hört er dem Gespräch der beiden zu. Sie sprechen vom Land und von Kühen, vom Garten, von Hühnern und Kaninchen, von Eiern und Himbeeren. Bald kommen sie auf eine Frau zu sprechen, offenbar die Frau des Langstreckenläufers, die etwas Unpassendes gemacht hat. Da sitzt er nun mit einer früheren Freundin und tut, als ob ihm dies alles nichts ausmache; er will sich erholen vom Alternativleben, er will wieder an die guten alten Brüste.

Paul blickt der Frau wieder eine Weile in den Busen und sagt dann, als die beiden grad eine Pause einlegen: Du trägst ein schönes Leibchen. Sie lacht sogleich, ziert sich nicht, scheint Anspielungen auf ihre grossen Brüste gewohnt zu sein. Er freut sich über ihre Reaktion. Der Langstreckenläufer hingegen scheint etwas unruhig zu werden, fühlt sich wohl angegriffen und sagt zu Paul: Was hast denn du für ein Leibchen an?

Gibt's wohl eine Auseinandersetzung? Fast wünscht er es. Er antwortet schnell: ein gestreiftes. Wart, ich zeig es. Er öffnet das Hemd und zeigt sein gestreiftes Leibchen, auf das er stolz ist, denn er hat es in einem Warenhaus in Montpellier gekauft. Soll er ihnen das erzählen? Doch der andere nutzt die Pause, die nach dem kurzen Lachen entstanden ist, verwickelt die Frau sogleich wieder in ein Gespräch, das lange nicht mehr so interessant ist wie das vorherige: Jetzt geht's um Sonntagsausflüge.

Der Kellner bringt ein drittes Tischset. Paul bestellt einen Zweier Chianti.

Warten und schauen. Warten, mit Messer und Gabel spielen. Die Reklame lesen. Zigaretten rauchen. Ab und zu einen Schluck Wein trinken. Warten, mit blindem Blick auf die Kunstplakate. Die Kunst Südamerikas. Nordamerikas. Europas. Asiens. Australiens. Die Kunst des Mondes. Nieder mit dem Mittelmeer. Er sitzt mit dem Rücken zum Publikum, so kann er nicht sehen, was alles läuft. Er sitzt nicht vor einem Spiegel, in den er blicken könnte, um all das Discovolk zu betrachten. Das Stimmengewirr verstopft seine Ohren. Er zeichnet mit der Messerspitze enge Bogen auf die Papierunterlage. Er mag den Kopf nicht wenden. Endlich, nach langem Warten, nach etlichen Zigaretten, bringt der Kellner die rachitischen Pizze, eine nach der anderen, ungesunde Farben, stellt sie hastig vor die Leute.

Die beiden gegenüber wünschen ihm einen guten Appetit. Danke, gleichfalls. Man schneidet sich durch den Kartonrand, säbelt am Gummi herum, und der Typ sagt tatsächlich: Eine gute Pizza! Paul denkt: Leck mich. Die beiden anderen haben in der gleichen Zeit, in der er die Hälfte hinunterwürgen konnte, die ganze Pizza gegessen. Er bestellt Kaffee und Grappa, die andern bestellen nochmals einen Halben Chianti.

Da klopft ihm einer auf die Schulter. Der Albi kommt grad vom Taxifahren. Tschau Albi, was machst du so? Immer das gleiche, nichts Berühmtes. Setz dich doch. Schau, dort ist ein Stuhl frei. Der Albi holt sich den Stuhl. Paul ist froh, einen getroffen zu haben, den er mag. Sie sitzen eine Weile zusammen, bieten sich Zigaretten an und geben sich Feuer. Paul fragt: Sag, hast du schon eine neue Wohnung? Albi nickt. Ja, es ist etwas im Tun. Paul hat ihn falsch verstanden. In Thun? Nein, ich sage: Es ist etwas im Tun. Aha! Konkret schon? Nächste Woche. Was, schon nächste Woche? Albi nickt. Wohin? In die Länggasse hinauf. Weisst du, dort wo die Dings wohnt. Ich gehe dorthin wohnen, wo die Dings wohnt, und die andere geht dann dorthin wohnen, wo ich bis jetzt gewohnt habe. Paul lacht auf. Du mit deinen Weibern, Heilandstärnesiech, du weisst ja gar nicht, wohin mit all deinen Weibern! Er lacht. Sie sitzen eine Weile stumm, denn die zwei gegenüber rufen dem Kellner. Es wird bezahlt, umständlich wird zusammengezählt und durch zwei geteilt. Paul zahlt auch. Er blickt Albi an: So, ich muss jetzt gehen. Ich muss nach Hause. Ich hab noch viel zu tun. Albi klopft ihm auf die Schulter und sagt: Also, tschau.

Er geht hinaus, bleibt draussen neben den Palmen stehen. Soll er nach Hause? Soll er weitersaufen? Fragen, die nicht einmal richtige Fragen sind. Die Platten, Punk und Disco, die Surfer, die Rollbretter, die Jeans, die schicken Lumpen, Bijouterie, Uhren, Scheissdreck das alles. Vereinzelte Leute schleichen die Schaufenster entlang, blicken blicklos hinein. Ein trockener Laib Brot für zwanzig Billionen. Nein er kann jetzt noch nicht nach Hause gehen. Amerikanische Filme der dreissiger Jahre. Rock Hudson als Salonwichser. Er geht zum Auto hinunter, es steht noch da. Graumelierte Herren und pelzige Teenager steigen in Mercedes ein und steigen aus Mercedes aus. Dem jungen Fleisch zwischen die Strümpfe greifen. Kein grüner Zettel am Scheibenwischer. Was soll ich sagen?, denkt er. Sollen wir jetzt, machen wir, sagen wir. In besonders leeren Augenblicken der Pluralis majestatis.

Jetzt fahren wir hinunter in die Altstadt.

Er steigt ein, fährt rückwärts aus der Gasse, kehrt um die halbe Stadt herum, an fünfundsiebzigtausend Lichtern vorbei, hinunter, von erleuchteten Pfeilen, die die Fahrtrichtung anzeigen, geführt, unten durch, wieder die Metzgergasse hoch. In der Metzgergasse stehen schon viele Wagen herum, mit laufenden Motoren; man sucht Parkplätze, will in die Abendvorstellung, essen gehen, oder man sucht schon die Huren. Diese stehen an den Ecken, in den Nischen, zeigen die Beine, die silbernen Stiefel, und drücken die Handtaschen schützend vor sich. Mann, ich will's Geld. Er fährt im Schritt die Gasse hoch, stellt den Wagen vor den Fussgängerstreifen, wo es verboten ist; aber das ist gut, er muss nicht weit gehen zum Piri. Er löscht die Lichter, steigt aus.

Auf einem Treppenabsatz hockt die Fotografin und ordnet Zettel in einem Karteikästchen, das sie vor sich hingestellt hat. Er sagt: Tschau, wie geht's? Sie blickt auf. Wie geht's mit dem Fotografieren? Sie sagt: Es geht. Er fragt: Hast du noch viel zu tun? Sie schüttelt den Kopf und nestelt weiter im Kästchen. Hast du jetzt die fotografiert, von der du mir neulich erzählt hast, die Hur? Sie nickt, lässt sich aber im Zählen nicht unterbrechen. Ja? Wie ist es gegangen? Sie sagt schnell: Augenblick. Sie bewegt die Lippen beim Abzählen. Dann ist sie soweit, stellt das Kästchen in eine grössere Schachtel mit allerlei Material, schiebt die Schachtel zur Seite und blickt auf, streicht sich den weiten, bodenlangen Rock zurecht.

Ja, aber sie wollte es ganz anders haben. Paul nickt heftig und fingert dazu vor ihrem Gesicht herum. Ja, das ist gut, du musst es genau so machen, wie die es haben will. Auch wenn es ein Leopardenfell ist, klebrige Musik und schummriges Licht. Genau so, wie sie es haben will, musst du sie fotografieren. Dann musst du ihr sagen, dass sie die andern auch noch schicken soll, das gibt eine interessante Sammlung.

Aber sie stellt sich etwas anderes vor, und er denkt: Na, gut. Er blickt zu Boden, fragt sie dann: Kommst du mit abendessen? Unterbricht sich: Ah, nein, ich habe ja schon gegessen. Du kannst ja mit mir einen ziehen kommen, ins Piri. Sie schüttelt den Kopf: Ich hab noch viel zu tun, ich muss das Zeug da noch ausladen und hinaufbringen. Er zuckt die Achseln: Gut, also, ich geh noch ins Piri. Sie hebt die Schachtel hoch. Gut, tschau. Ok.

Er geht ins Piri. Ein Gedränge, ein Rauch und ein Lärm. Er zwängt sich zwischen den stehenden und sitzenden Leuten hindurch und sucht einen Platz. Natürlich ist kein Stuhl frei. Hinten am Tisch sitzen immer noch der Zelli, die Frauen, der blonde Maler und Franco. Der ganze Tisch ist überfüllt mit leeren Biergläsern, vollen Aschenbechern und zerknüllten Zigarettenpackungen. Die Leute sind aufgedreht, man sieht's.

Eine Weile bleibt er stehen, ohne beachtet zu werden. Er blickt sich um, kennt den einen oder andern; es ist jedoch unmöglich, sich in diesem Tumult verständlich zu machen. Er holt sich an der Theke ein Bier und trinkt es im Stehen aus, während er den Tisch mit Zelli und Franco im Auge behält. Die beiden ziehen ihre Show ab.

Uns allen fehlt halt die Liebe!, ruft Franco ins Café. Wir singen halt zu wenig!, doppelt Zelli nach. Ich wixe am liebsten unten an der Aare, erklärt Franco, da nimmt es den Samen mit in den grossen Atlantik. Zelli färbt sich mit einem Lippenstift die Fingernägel. Wenn ich deine Brüste hätte, sagt er schliesslich zu der Frau neben ihm, könnte ich gar nicht mehr arbeiten, da müsste ich sie den ganzen Tag halten und streicheln. Du würdest dich daran gewöhnen, wirft die Frau ein. Nein, nichts!, protestiert Zelli. Ich würde den ganzen Tag die Gasse auf und ab gehen, mit den Brüsten voran. Franco: Wenn ich mir vorstelle, dass die sich alle abends zu Hause Erleichterung verschaffen, dann liebe ich die Leute. Klar, sagt Zelli, bei Mahler. Bei Mahler was?, fragt die Frau. Bei Mahler, bei Mahlermusik, denk.

Jetzt bemerkt Zelli Paul, der mit dem leeren Bierglas neben dem Tisch steht. Hast du mir zwanzig Franken? Alle blicken sich um. Paul nickt unbestimmt. Ich muss mal schauen. Dabei denkt er: Jetzt muss ich dem Löl wohl die zwanzig Franken geben, sonst kann der nicht mal mehr aus der Beiz. Er zwängt sich wieder durch die Leute, geht auf die Toilette. Im Korridor schaut er ins Portemonnaie: Tatsächlich, er hat einen Zwanziger. Ein Freak beobachtet ihn dabei und will ihm gleich ein paar rosa Pillen andrehen. Paul schüttelt ihn ab, geht wieder in die Gaststube, drückt sich auf die Bank und gibt dem Zelli den Zwanziger. Der nimmt ihn und steckt ihn wortlos in die Jackentasche. Bestellen wir noch Bier?, fragt Franco. Alle winken dem Kellner.

Jetzt neigt sich Franco zu Zelli hinüber. Kommst du? Wollen wir gehen? Zelli schaut Paul an und fragt: Kommst du auch noch schnell einen durchziehen? Paul fragt: Wer kommt sonst noch? Och, sagt Zelli, Franco und ich. Paul hat schon gehofft, es kämen noch ein paar Frauen mit, die man nachher befingern könnte, bei Gelegenheit, obwohl er mit den Freakweibern nichts anfangen kann. Er schaut sich die Frauen an. Doch die hier haben etwas anderes vor. Sie sprechen von Eingeladensein und wollen bald aufbrechen. Als Franco und Zelli aufstehen, steht er halt mit auf, ohne etwas bestellt zu haben. Scheissdreck, jetzt fängt das Zeug wieder an. Er fürchtet sich vor der Betäubung. Sie treten aus der Beiz und gehen hinüber in die Junkerngasse, zum Zelli hinauf. Vor zweihundert Jahren war das Haus erste Klasse; jetzt fällt der Verputz von den Wänden, das schwere, gedrechselte, eichene Treppengeländer hat einer herausgerissen und teuer verkauft. In Zellis Zimmer wird sogleich laute, scheussliche Musik aufgelegt, eine verscherbelte Platte, die kesselt und dröhnt. Immer noch stehen dieselben angefangenen Bilder herum, alles immer noch gleich, es sieht aber aus, wie wenn er mal etwas Ordnung gemacht hätte.

Aus der rechten Jackentasche grübelt Zelli die Pfeife und die braunen Krümel, verlangt eine Zigarette, bricht sie auseinander, vermischt den Tabak mit den Krümeln in der Handfläche, stopft die Pfeife und zündet sie an. Er saugt ein paarmal heftig dran, bis es richtig pafft, und zieht danach den Rauch tief hinunter.

Die drei setzen sich zwischen die Bilder; Zelli reicht die Pfeife zu Franco hinüber, der sie, nachdem er zwei tiefe Züge genommen hat, Paul weiterreicht. Die Spannung löst sich langsam auf. Man lehnt sich zurück, wird ruhig. Die Platte ist abgelaufen; es ist still im Raum. Zelli streckt sich ausgiebig. Paul nestelt an der Pfeife herum. Sie zieht nicht mehr richtig. Franco erzählt von einer Aktion, die er unternehmen will. Eine Aktion mit grossen Buchstaben.

Er stellt sich vor, grosse Buchstaben an bunten Ballonen in den Himmel steigen zu lassen. Da sollen sich dann am Himmel Wörter ergeben. Was für Wörter?, fragt Zelli. Das kann man nicht sagen – lange Wörter, ganz lange Wörter, antwortet Franco. Du könntest die Buchstaben miteinander verbinden, dann wärst du sicher, dass es Wörter gibt, wirft Paul ein. Doch Franco will das nicht. Ich mag Abmachungen nicht, gibt er zurück. Der Himmel soll schreiben, meinetwegen der liebe Gott. Wie wär's, wenn der liebe Gott an den Himmel schreiben würde: It's never too late, Baby!

Alle lachen. Oder: Kauft Bilder vom Zelli! Wieder Lachen. Ich wäre für: Up, up and away! Nein, nein, was Konstruktives: Wählt Freisinn! Oder wie wär's mit: L'imagination au pouvoir! Die andern winken ab. Franco erklärt: Dann lass ich es lieber drauf ankommen. Eine Weile ist es wieder still. Im Treppenhaus räuspert sich jemand. Man hört eine Klosettspülung.

Zelli fragt Paul: Was machst du denn so? Halt immer etwa das Gleiche. Paul versucht, irgend einen blöden Spruch zu machen, aber es fällt ihm nichts anderes ein als: Man macht, was man kann. Franco wird wütend. Er betont jedes Wort: Man macht, was man kann, nicht wahr? Man kann, was man macht, nicht wahr? Du mit deiner Selbstbeweinung! Du gehörst ins Theater oder sonstwo hin, wo man ständig eine Rolle spielen kann. Du solltest mal die Männerliebe spüren, weisst du, die echte, wo man das feste Glied in der Hand spürt, ohne zu ergiessen!

Paul sagt: Franco, du machst mich krank. Ich kann mit deinem Mist nichts anfangen. Zelli lacht meckernd auf: Das ist wie der Murphy. Weisst du, der Murphy in dem Buch vom, wie heisst er schon? Ich hab's vergessen. Da lehnt sich der Murphy im

Stuhl zurück, zurück, so, mit dem Whiskyglas in der Hand, so, bis an die Wand, lehnt sich mit dem Hinterkopf an die Wand und sagt: — Was sagt er? Zelli überlegt, blickt sich dann fassungslos um: Ich weiss es nicht mehr. Franco sagt: Das hast du schon mal erzählt.

Paul setzt sich auf einen Stuhl und zündet sich eine Zigarette an. Ich bin ängstlich geworden, stellt er fest. Ich durchschaue eure Vorwärtsverzweiflung. Ihr reisst mich mit euren Provokationen nicht vom Stuhl. Es gibt immer weniger, das mich interessiert. Bald wird es nichts mehr geben.

Sehr schön, sagt Zelli. Franco lacht. Jetzt hängt er seine Leintücher aus dem Fenster. Komm, wir wollen gehen. Zelli schlägt vor, ins Rathaus zu gehen. Man könnte ins Rathaus gehen. Gut, das ist wahr, wir könnten wieder mal ins Rathaus gehen. Man rappelt sich hoch. Vielleicht ist im Rathaus etwas los.

Im Vorbeigehen holt Paul aus dem Papiersack im Auto ein Päckchen Zigaretten. Franco fragt: Ist das dein Auto? Ja. Das hat eine schöne Farbe, das gefällt mir. Paul schliesst die Tür wieder ab und antwortet: Das ist nichts Besonderes. Franco fällt ihm ins Wort: Mir gefallen Autos, die so kantig sind. Die sehen aus wie Kisten. Paul zuckt die Achseln: Das ist praktisch.

Unterwegs kommen die drei an der Hintertür des Konservatoriums vorbei. Zwei Frauen öffnen sie gerade und treten ein. Zelli sticht hinter den beiden nach, öffnet die Tür, die zufallen wollte, streckt die Arme hoch und ruft hinein: Eh, tschau! Tschau alle miteinander! Halleluja! Kyrie eleyson!

Paul und Franco gehen auch hin. Sie treten in ein hell erleuchtetes Treppenhaus. Junge Leute stehen auf den Treppenabsätzen und sitzen auf den

Stufen. Sie blicken sich verärgert um und scheinen nervös zu sein. Jedermann sitzt für sich; Musikschüler oder Schauspielschüler. Zelli ist schon bei den schönen Frauen. Tschau, wie geht's? Schön geschminkt und schön frisiert? So? Was haben wir denn heute abend vor? Kommt ihr nicht mit ins Rathaus? Die beiden Frauen lachen verlegen. Nein, nein, wir haben keine Zeit. Zelli verwirft die Arme: Das ist ein Seich. Was ist denn los? Die eine der beiden wendet sich ab, die andere sagt: Wir haben Vortragsübung. Sie sagt es mit leiser Stimme, will den Zelli besänftigen. Doch Zelli lässt sich nicht einschüchtern. Vortragsübung! Die Welt liegt ja zu deinen Füssen! Was brauchst du denn da noch Vortragsübung? Neulich hab ich gesehen, wie dich ein Zahnarzt geküsst hat! Was brauchst du denn da noch Vortragsübung? Die Leute auf den Stufen lachen.

Franco hat sich auch mit der Situation befreundet: Jetzt möchte ich auch gleich was aufführen! Rumpelstilzchen in geheimer Mission! Zelli: Grad eine Schau abziehen! Das Innerste nach aussen kehren! Alles geben! Das ist's! Alles geben! Franco: Jetzt wär ich grad in Form, jetzt würd ich jede Prüfung bestehen!

Die Leute hören auf zu kichern. Plötzlich ist es gelaufen dort drin. Die drei gehen wieder hinaus.

Während sie zum Rathaus gehen, reden sie immer noch davon, wie es wäre, wenn man im Konsi jetzt einfach auf die Bühne ginge und dort eine Fuhre loslassen würde. Genüsslich schildert Franco das erschreckte Publikum in Frack und Abendkleid, die Unbeholfenheit der Verantwortlichen und den Ärger der Leute. Den Spiessbürgern den Abend vermasseln! Das wär was! Die ganze Kunst dahin! Den Leuten den gewöhnlichen Ärger auch in den Feierabend tragen.

Vielleicht würden sie sich amüsieren, sagt Paul.

Sie gehen ins Rathaus. Es sitzen immer noch die gleichen da, Johnny und Konsorten. Ein paar neue Frauen sind hinzugekommen, Verkäuferinnen oder sowas; die Läden sind jetzt alle geschlossen, die haben alle Feierabend. Müde stützen sie sich auf die Tischkanten, rauchen Frauenzigaretten, die Lidschatten sind schon etwas verwischt. Sie trinken ein Glas Roten, ein Glas Weissen, einen Express, kramen in ihren Taschen aus Jute und Patchwork und möchten am liebsten nicht da sein.

Paul setzt sich mit Franco und Zelli an einen Nebentisch. Über den Tisch hinweg beginnt Zelli mit einer Frau sogleich ein Gespräch; sie sprechen über etwas, das offenbar gestern abend gelaufen ist. Wie es ausgegangen ist, will Zelli wissen. Er gibt sich interessiert. Wie ist es weitergegangen? Wie soll es schon weitergegangen sein?, fragt die Frau zurück. Sie lacht nicht mal dazu. Was ist gewesen?, fragt Franco. Doch der Zelli rückt nicht heraus mit der Sprache.

Es wird Bier bestellt. Es wird Bier getrunken, aus hohen, schmalen, unpraktischen Gläsern. Franco steht auf und sagt: Jetzt muss ich gehen. Okay, sagt der Zelli, also tschau. Beim Hinausgehen wendet sich Franco um und ruft in die Gaststube: Nichts! Nichts ist los! Die Leute blicken auf. Nichts! Nichts ist los! Nichts seid ihr! Ein Haufen Nichts! Nicht mal kreativ seid ihr! Keine Kreativität ist da drin! Die Leute lachen. Ich geh jetzt auf einen Berg, auf einen Berg geh ich, setz mich auf die Bergspitze und schiffe auf das Land hinunter! Sofort kommt der Wirt hervorgeschossen. Er packt Franco am Arm und stösst ihn zum Ausgang. Das ist ja lächerlich!, ruft Franco verzweifelt. Das ist ja lächerlich! Dann wird er aus dem Café gestossen. Die Leute lachen, schütteln den Kopf. Der Wirt regt sich auf und entschuldigt sich bei der guten Gesellschaft, die einen grossen Tisch bestellt hat. Misstrauisch blickt er zu Zelli und Paul; er möchte nicht noch einmal eingreifen müssen.

Paul sitzt mit dem Zelli da. Sie sprechen über Katrin, Zellis Freundin. Was macht sie jetzt? Sie ist in Wien, für die Firma, Wien, ja. In Wien? Wo ist das, Wien? Unter der chinesischen Mauer, beim Turm links. Bei den Mongolen? Wird sie von den Mongolen gesattelt? Peinliche Pause. Das ist halt schwer, so weit weg. Paul ruft den Kellner, streckt zwei Finger hoch. Herrschaft, seufzt Zelli wieder, ich kann mich nicht abfinden mit dem Gesindelpack der Geschäftswelt. Dieses internationale Geldverdienen. Von Telefonkabine zu Telefonkabine leben. Mit dem Jet nach Wien. Nach Belgrad. Nach Warschau. Nach Amsterdam. Nach Stockholm. Scheissdreck. Aber sie kommt ja immer wieder zu dir zurück. Ja, zurück! Mach mich nicht krank! Dann muss ich ein Wochenende lang den Herrn Hilton riechen. Du bist eifersüchtig. Lächerlich! Ein Scheissleben, das ist's, nichts als ein Scheissleben. Und dafür soll man Verständnis haben. Sie machen ja, was sie wollen. Was soll's? Ich mach auch, was ich will. Lächerlich.

Zelli bestellt noch zwei Bier. Du willst doch auch noch eins?, fragt er. Paul nickt. Klar will ich eins. Ich glaub, ich hab die Kontrolle verloren. Zelli lacht. Paul ist ein wenig aus der Lethargie herausgekommen und blickt sich ungeniert um. Neben Johnny sitzt eine dunkle Frau, die er schon einige Male gesehen hat. Die schmale Dunkle mit den schönen Zähnen. Er neigt sich zu ihr und sagt: Wie geht's? Sie blickt ihn an und sagt: Es geht. Hast du mir Feuer? Er grübelt seine zerknitterten Zigaretten hervor. Sie reicht ihm das Feuerzeug hinüber. Er zündet sich die Zigarette an. Da sagt Zelli, indem er die beiden anblickt: Heute muss einfach etwas laufen, gottverdammich, heute muss etwas laufen! Heilanddonner, heute muss man einfach etwas aufziehen. Eine ganz grosse Show sollte man heute ablassen. Paul lehnt sich zurück und sagt: Ja, das wär's. Beide blicken die Frau an, die wieder Johnnys Erzählungen zuhört. Aber gell, fährt Paul fort, was willst du denn schon machen, schau doch die müden Leute an, mit denen kannst du doch nichts anfangen.

Der Zelli hat einen unheimlichen Zug. Er hat schon leer getrunken, als Paul noch anderthalb volle Gläser vor sich stehen hat.

Paul fragt: Was stellst du dir denn vor? Was? Etwas unternehmen. Zelli überlegt. Man könnte zu jemandem nach Hause gehen. Zu wem? Man könnte zu einer nach Hause gehen, die ist gut, die kenn ich. Wo wohnt die? Die wohnt dort unten in der Tiefenau. Paul winkt ab. Dort hinunter geh ich also nicht. Zelli überlegt. Man könnte auch ins Commerce fressen gehen. Dort sitzt vielleicht der Frutschi. Willst du in die fünfziger Jahre zurück? Die Existential-Grossväter? Willst du wirklich deren junge Freundinnen begeilen? Und das Geschwätz! Meine Nerven! Das Geschwätz! Da ist, für meinen Geschmack, zuviel Erfolg beisammen. Und überhaupt, ich hab schon gegessen; in die Scheissbeiz mag ich nicht.

Sie trinken aus. Paul blickt auf: Hingegen könnten wir mal in den Zähringer schauen. Zelli nickt unsicher. Jaja, da hat's manchmal gute Frauen.

Ein leichter Aufbruch. Wir nehmen den Lift, sagt Paul. Das ist kürzer.

Wie der Krankl die Abwehr durchbricht. Der Stenmark zwischen den Stangen. Die Eiskunstläuferin dreht die Pirouette auf dem Eis.

Zelli schwenkt zum Münster. Hier – Paul zeigt über die Mauer der Münsterplattform, hinunter in die Badgasse. Bist du ein enttäuschter Liebhaber? Oder hast du Angst vor der Atombombe? Bist du bei der Prüfung durchgefallen? Sie lachen. Kein Witz!, sagt Zelli. Letztes Jahr haben die Kinder von der – wie heisst sie, die mit dem Velo? Die Marianne? Ja, die. Die hat doch zwei Kinder. Die haben da gespielt, da ist einer auf der Mauer gesessen, der hat zu den Kindern gesagt: Jetzt könnt ihr gleich zuschauen. Dann ist er gesprungen? Ja. Unten ist er auf einen Volkswagen gefallen.

Paul liest beim Lifthäuschen das Plakat. Du! Die fahren nur bis sechs. Saumässig. Sie stehen eine Weile davor. Einer ist vom Lift erdrückt worden. Hab ich gehört. Der wollte eine Beisszange holen, die in den Schacht gefallen war. Dann ist oben jemand in den Lift eingestiegen und hinuntergefahren.

Etwas ratlos blicken sie sich um. Dann gehen wir eben zu Fuss. Der Fussweg ist mühsam. Macht doch nichts, es geht ja hinunter.

Sie halten sich um die Schultern und schreiten still voran. Jedem Entgegenkommenden sagen sie tschau. Die Leute reagieren nicht.

Hier hab ich gearbeitet, sagt Paul und zeigt auf eine kleine Fabrik. Neun Stunden am Tag, immer dieselbe Arbeit. Den andern hat's nichts ausgemacht. Damals kriegte ich dreifünfundsechzig in der Stunde, das weiss ich noch ganz genau. Dazu hab ich noch die blauen Überkleider vom Vater getragen. Aber ich war ein Student, und deshalb waren Welten zwischen mir und den Leuten. Die haben sich gesagt: Der kann es sich schon erlauben, über die Arbeit zu fluchen.

Sie kommen zum Zähringer und treten ein. Der Raum ist voll, denn da gibt's oben irgend eine Vorstellung. Man gibt sich gepflegt, locker zwar, aber man darf nicht ausfällig werden. Literaten, Radiomitarbeiter und andere Geister sitzen da, verstreut zwischen schönen Frauen, die sich nur Geist- und Gemütvolles gewohnt sind. Die bernisch-gebildete Mittelklasse: Pflegt die Mundart und ist für die Fristenlösung. Jeder hat seinen Linksextremisten im Freundeskreis.

Der Zelli stürzt auf eine Frau zu und ruft: Tschau, das ist aber gut, dass ich dich wieder mal treffe! Ich hab dich schon lange nicht mehr gesehen! Susanne ist eine emanzipierte Frau. In Zellis Bett hat sie sich von ihrem Major distanziert. Jetzt gibt sie sich jugendlich-neckisch und hat einen Freund neben sich sitzen. Sie lacht auf, als der Zelli dahergestürzt kommt und sagt: Aha, sieht man dich auch wieder einmal? Zelli setzt sich zwischen sie und ihren neuen Freund, will ihn nicht zur Kenntnis nehmen. Darf ich dir André vorstellen? Zelli kontert: Darf ich dir den Paul vorstellen? André rückt zur Seite, ärgert sich. André ist Maler, erklärt Susanne. Nächste Woche hat er hier Vernissage. Sososo, sagt Zelli. Meine Mutter war die schönste Frau von Olten. Sie hatte Beine wie die Dietrich. Und mein Vater fuhr Motorrad, ganz in Leder gekleidet. Da sass meine Mutter, das war noch vor dem Krieg, im Beiwagen, und zusammen sind sie über den Passwang gebraust. Und in den Linkskurven hat sie von ihm immer einen Kuss auf den Helm erhalten, in den Rechtskurven hat er von ihr einen Kuss auf den Oberschenkel gekriegt. Auf den linken oder auf den rechten?, fragt André, der sich ärgert und auch mal was sagen möchte. Zelli ist entsetzt: Geht's eigentlich noch? Kannst du dir das denn nicht selber vorstellen? Du bist doch Maler, hat die Susanne gesagt! Oder bist du vielleicht ein verkappter Politiker?

Zelli kneift die Augen zusammen wie immer, wenn er ganz böse ist. Alle Leute im Raum blicken her. Er zwinkert Paul zu, der sich auf Distanz hingesetzt hat. Und überhaupt! Er verwirft die Arme. AC Milan und Perugia haben sich unentschieden getrennt!

Die Leute lachen, drehen sich wieder weg. Bestell zwei Bier!, faucht Zelli den André an. Willst du auch ein Bier?, fragt er Susanne. Nein, danke, ich hab da noch mein Henniez. Wir müssen jetzt gleich gehen, rauf in die Vorstellung. Zelli dreht sich zu ihr hin und blickt sie von oben bis unten an: Schade, dass du so kleine Brüste hast, sonst hätte ich dich damals gleich geheiratet! Susanne lacht verlegen. Heiraten! Das hab ich einmal gemacht, das reicht mir. Auf den Trick fall ich nicht mehr rein.

Danach stehen sie und André gleichzeitig auf; auch andere Leute stehen plötzlich auf, irgend eine Vorstellung geht weiter, auf jeden Fall verzieht sich das Volk. Paul ist auf eine Prügelei gefasst gewesen, er war schon dabei, Zellis Brille in Sicherheit zu bringen. Er setzt sich zu ihm hin. Zelli blickt sich im Raum um, da sagt Paul: Ich glaub, ich geh jetzt nach Hause. Zelli blickt ihn an: Also gut. Tschau. Paul zuckt die Achseln. Gut. Tschau.

Jetzt lauf ich einfach noch die Stadt hinauf, denkt Paul, dann zum Auto, und dann fertig, dann geh ich nach Hause, schlafen. Immer alles vergessen, verdrängen. Immer sich verdrücken. In Australien sein, ohne weggehen zu müssen. Nur noch Englisch sprechen. Fremder sein. Englische Gedichte schreiben und auf Englisch fluchen. Mit dem Land Rover durch die Wüste fahren und eine Bierdose nach der anderen leeren. Nichts verteidigen müssen.

Es macht ja nichts, wenn man auf ein Chalet Suisse stösst, im Gegenteil, die Ziegel und die Wände, die Fensterläden und die Türen werden essbar.

Warum kann er nicht den Flotten durchgeben wie seine Bekannten, mit steifem Nacken die Lasten tragen, auch wenn's völlig unsinnig ist?

America, love it or leave it. Diese Beleidigungen durch Anstand. Mit der Waffe in der Hand geht er durch das ganze Land. Frei sein, wie die Väter waren? Mein Arsch. In sich selbst Einzug halten? Das läuft doch immer aufs Gleiche hinaus. Oder das Pflichtenheft durchgehen? Vorausgesetzt, man kann es ernst nehmen. Die Neue Romantik? Das schlägt auf Hirn und Herz. Lieber im Playboy blättern.

Als alles noch neu war. Als er noch nichts gesehen hatte. Als er sich noch mit dem Vater stritt. Die langen Haare. Der Bart. Die Autoschlüssel. Zu spät nach Hause kommen. Da gab es noch Die Neue Welt. Wo sind denn die andern stehen geblieben? Denen scheint es nichts auszumachen. Die Karriere hat wieder ihren Sinn bekommen.

Er kommt in die Gerberngasse. Da wohnt ja Theres! Irgendwo da, in einem dieser Häuser. Er geht hin und liest die Namensschilder unter den Klingelknöpfen. Er weiss nicht, wie Theres mit Nachnamen heisst. Theres Who? Fritz Who? Franz Who? Joseph Who? Da stösst er auf Teresina. Nennt sie sich Teresina? Er überlegt. Hat sie mal was von Italien erzählt? Er kann sich nicht erinnern. Teresina Neuenschwander. Gut. Er versucht's. Er steigt ein enges, finsteres Treppenhaus hoch, gelangt an eine Tür mit einem alten, verblichenen Namensschild. Nein, das kann sie nicht sein. Die hätte ein anderes. Enttäuscht dreht er sich um und geht wieder hinunter.

Weiter vorne kommt er an die Mattentreppe, denkt, dass er ja da hinauf könnte. Er erinnert sich an einen Dialektfilm, den er als Kind gesehen hatte, wo der jugendliche Held jemandem sein Schiessbüchlein zeigt, genau an dieser Stelle, um zu beweisen, dass man mit ihm nicht spassen könne. Nein, hier geht er nicht hinauf; er geht die Strasse weiter, an johlenden Rockern vorbei, weicht amerikanischen Sportcoupés aus. Jetzt hat er die schmale Strasse wieder für sich und gelangt an den Läuferplatz. Da kommt der Wagner daher mit einem zusammengerollten Frottiertuch unter dem Arm und mit wehenden Haaren. Die beiden gehen wortlos aufeinander zu, blicken sich in die Augen und umarmen sich. Tschau Wagner, wo bist du gewesen?, fragt Paul. Ich komme grad vom Duschen. Du hast geduscht? Ja. Wo hast du geduscht? Bei der Bubu oben. Aha.

Wagner wohnt in einer Slumwohnung ohne Bad und Warmwasser, und so hält er sich immer die Möglichkeit offen, in der Nähe duschen zu können. Kommst du mit einen Kaffee trinken?, fragt er. Paul nickt und sagt: Ja, klar. Ich komm grad vom Zähringer, da war ich mit dem Zelli. Aber da war nichts los. Wagner nickt. Wie geht's ihm? Paul zuckt die Achseln. Nicht besonders. Malt er? Ich weiss nicht. Er säuft. Wie immer.

Zusammen gehen sie den Langmauerweg hinunter, zu den Abbruchhäusern, wo die Freaks ausgenommen werden und die Italiener ihre Hühner und Abbruchautos haben. An einer Hauswand steht: Harlem. Die Häuser sind feucht und kalt, am Zusammenfallen; die Leute basteln daran. Berge von Unrat liegen herum, denn diese Mieter haben meist keinen geordneten Abgang, und die nächsten bedienen sich bei den vorderen, malen die Türen und

Fenster rot, die nächsten malen sie grün oder blau. Die Che Guevaras sind von indischen Wandteppichen verdeckt, man will den Stoff, die Abtreibung bezahlen, sich vor dem Strafvollzug verstecken. Makrobiotisch will man auch schon lange nicht mehr leben; man ist froh, wenn man in der EPA eine Büchse Erbsen klauen kann. Es wird nicht mehr gestrichen, nichts mehr an die Häuserwände gesprayt, nur die Italiener sind noch rührig, restaurieren Unfallfiats auf dem Kiesplätzchen vor dem Haus, nach Feierabend.

Paul geht mit Wagner ins Haus. Geht das WC jetzt? Wagner schüttelt den Kopf. Ich werde morgen eine neue Spülung organisieren. Der Sauhund macht ja nichts. Wagner stösst die Wohnungstür auf. Sie klettern über allerlei Material. Bist du am Arbeiten?, fragt Paul. Wagner nickt. Ja, klar. Geht's gut? Ja, klar, ich habe viel zu tun. Ist's wahr? Wagner zuckt die Achseln. Was machst du denn? Wagner weist auf einen niedrigen Tisch mit viel Papierkram drauf. Ich tu da fürs Soziologische Institut schaffen. Paul wundert sich. Was, du arbeitest fürs Soziologische Institut? Wagner nickt, lacht verlegen. Was machst du denn fürs Soziologische Institut?

Sie setzen sich auf die abgewetzte Couch. Da hat mir einer Fragebogen gegeben, die muss ich auswerten. Aha. Ist's gut bezahlt? Wenn ich hundert Fragebogen pro Tag mache, komm ich auf etwa fünfundsiebzig Franken. Das ist nicht schlecht. Ja, aber, weisst du, wie lange du da dran schaffst? Jetzt hab ich erst fünfzig gemacht; ich hab den ganzen Nachmittag gekrampft. Du wirst dich daran gewöhnen. Wagner schüttelt den Kopf. Da hab ich einen Studenten getroffen, der hat gesagt: Schau, ich hab dir was. Du wertest da für mich das Zeug aus, ich zahl dich dafür. Dem stinkt das. Dabei ist das seine

Doktorarbeit. Der glaubt selber nicht daran. Da kann doch das gar nicht so schlimm sein, wenn der selber nicht daran glaubt, wirft Paul ein. Das ist mir wurst. Wagner macht eine abschätzige Handbewegung. Ihre Qualität ist mir wurst. Stell dir vor! Da bilden sie diese Akademiker aus, und die wissen nichts Gescheiteres, als die Leute zu fragen, welche Zigarettenmarke sie bevorzugen! Wie findest du das? Das ist die Industrie. Die zahlt und befiehlt.

Pause.

Das ist doch nichts als krankes Krämerzeug! Natürlich.

Der Soziologe, der kann auch nichts dafür. Wenn der sein Papier haben will, muss der halt machen, was man ihm befiehlt. So kannst du nicht kommen. Der könnte wirklich Gescheiteres machen! Und was hat der dann davon, dass er sein Papier hat? Dann ist der ein Doktor. Meine Nerven! Dann muss der doch wieder für die Industrie schaffen, sonst hat er doch nichts! Das ist sein Problem.

Pause.

Ein ganzes Land voller Marlboro-Freiheit! Gib mir eine Zigarette! Beide lachen.

Da frag ich mich, warum ich so ein Scheissleben führe, um Bilder zu malen. Dann kommen diese Doktors und kaufen sich eines. Gnädige Frau! Wie darf es denn sein? Aha! Sie wollen lieber Hausdächer! Dochdoch, der Wagner, der malt Ihnen auch Hausdächer. Welche wollen Sie? Die Hausdächer von Rom oder von Bern? Wissen Sie, wir Künstler, wir machen halt alles!

Wagner hat Tränen, wirklich, und Paul sagt: So komm doch, mach doch nicht so ein Geschrei! Du malst doch das, was dich gut dünkt, oder nicht? Wagner springt vom Sofa. Gottverdammich! Es gibt keine Wunder mehr! Früher hat's doch noch Wunder gegeben! Da ist einer hingestanden und hat gerufen: Ich bin Kunst! Und er war Kunst.

Ich sollte schaffen!, brüllt Wagner, du solltest mir ein Bild abkaufen. Ich hab ja kein Geld, ich kann dir kein Bild abkaufen! Weisst du mir keinen, der mir eines abkaufen könnte? Ich kann dir jetzt wirklich keines abkaufen, ich hab einfach kein Geld mehr im Augenblick. Schau, ich möchte dir gerne ein Bild abkaufen, mir gefallen deine Bilder, das weisst du, aber ich kann dir keines abkaufen.

Die beiden gehen in die Küche. Ich sollte einfach ein Bild verkaufen! Wagner macht Kaffee. Ich hab kein Geld. Gestern war ich in einer Bank, ich hab gedacht, in einer Bank, da liegt doch das Geld! Da hab ich den Direktor verlangt, ehrlich, ich bin einfach hineingelaufen und hab gesagt: Wo ist der Direktor? Paul lacht. Ich will den Direktor sprechen, hab ich gesagt. In Amerika, da haben sie doch alle diese Kreditkarten, das geht doch alles bargeldlos, da lebt doch jeder auf Kredit, auf Jahre hinaus, hab ich mir gedacht. Ist der Direktor gekommen? Nein, der ist nicht da, hat man mir gesagt. Da hab ich mit einem Wixer gesprochen, so einem Anzug-Mann, so einem Katalog-Mann, wirklich, die sind wirklich so in der Bank, wie man sich das vorstellt. Und dem hab ich gesagt, ich brauch einen Kredit. Und? Wieviel?, hat der gefragt. So dreitausend, hab ich glatt gesagt. Kannst nicht knauserig sein. Haben Sie Sicherheiten?, hat der gefragt. Wo arbeiten Sie? Wie heisst Ihr Arbeitgeber? Mann, da bin ich abgefahren. Ich bin ein Kunstmaler!, hab ich dem gesagt, ich bin ein Künstler, ich mache Kunst, von morgens früh bis abends spät, ich halte diese Kultur in Gang! Da hat der ganz cool gesagt, das ginge ganz glatt, wenn ich eine Million brauche oder zwei. Aber so? Ob ich nicht ein Haus bauen wolle, hat mich der gefragt. Für ein Haus, da gibt's die Kohlen. Ich hab dann schon gemerkt, dass nichts drin liegt. Da hab ich Stunk gemacht. Ich will doch nicht in deine Einfamilienhäuschenscheinwelt!, hab ich dem gesagt. Grad geduzt hab ich ihn. Da ist er aufgestanden und hat gesagt: Es tut uns leid. Uns! Es tut uns leid. Wir können Ihnen leider nicht dienen.

Wagner schüttet das heisse Wasser in den Filter. Da hab ich gedacht: Gangster müsste man sein, nur in Millionenbeträgen betrügen, das wär was, das ist salonfähig. Aber miese dreitausend, das geht nicht. Da läuft nichts in diesem Land. Ich glaub, ich werd Bundesrat. Dann bau ich einen Tunnel von Basel nach Chiasso und zurück. Sowas geht. Oder ich werd geschmiert, von einem amerikanischen Napalmbombenkonzern, in Millionenhöhe. Da ist es doch wirklich einfacher. Paul sagt: Am besten ist's, wenn du Krieg anzettelst. Grad einen richtigen Krieg. Gegen die Schwachen, das zahlt sich aus.

Wagner stellt den Kaffee auf den Tisch. Nein, wirklich, weisst du mir keinen, der mir eines abkaufen könnte? Paul ist unsicher. Ich wüsste schon, ich muss schauen, es gibt schon solche, du musst halt mal einladen, ja, man könnte mal einladen oder so, vielleicht ein paar Leute, die Geld haben. Ja, aber, wirft Wagner ein, dann muss ich kochen und solches Zeug. Und immer interessant bleiben, denen die Fragen beantworten und das Zeug glauben, das sie erzählen. Das stinkt mir.

Wagner schenkt Kaffee ein. Dann holt er frische Unterwäsche und wechselt die Kleider. Wo wäschst du die Wäsche?, fragt Paul. Auch bei der Bubu, antwortet Wagner. Die macht mir das. So hast du wenigstens frische Unterwäsche, stellt Paul fest. Wagner setzt sich an den Tisch, schiebt Paul eine Tasse hin. Es ist einfach schwer, gell, es ist nicht leicht, ich meine das, die Hügel malen, das ist nicht leicht. Wagner malt Hügel; keiner malt sie so schön wie er. Es sind nicht Schweizer Berge, es sind Hügel; schon Hügel von hier, das ist klar, Wagner kennt nichts anderes; er malt, was er gesehen hat. Immer die gleichen Hügel, darin ist er ein Meister. Er hat schon alle Farben ausprobiert. Immer werden sie schöner, die Hügel. An seinen Kleidern bleiben die Farben haften. Er ist eben ein Landschaftsmaler. Er sagt dies mit einem gewissen Stolz, weil er weiss, dass er damit nicht ankommt. Er greift damit nicht ans Transzendentale wie der Zelli; der kann noch damit kommen. Wagner dagegen malt nur Hügel, das ist profan, aber schön.

Es ist halt schwer, Hügel zu malen. Er seufzt. Paul tröstet: Es hat niemand gesagt, dass das leicht ist. Klar ist das schwer. Wagner blickt hoch. Zur Erholung male ich ab und zu einen Hodler. Ja?, fragt Paul. Wagner kramt aus der Schublade ein paar knittrige Blätter. Richtig, Hodlerbilder, die Berge im Blau, genau. Das ist aber nur ein Witz, sagt Wagner.

Sie trinken Kaffee. Wagner fragt: Was machst du heute abend? Paul ist immer noch in die Blätter vertieft, ist überrascht, denkt, dass es der Wagner ganz dick hinter den Ohren hat, wenn er zur Erholung diese Bilder malt. Er ist von der Qualität überrascht. Der Wagner führt die bernische Kultur an der Nase herum. Malt einfach Hodlerbilder. Hodler hat sie stapelweise dem Beizer gegeben, für einen Teller Suppe. Gutmütig hat dieser ihm Suppe gegeben, und später, als der Hodler Ferdinand weg war, die Blätter in den grossen Ofen gestopft.

Ich weiss nicht, sagt Paul, ich gehe ein wenig die Stadt hinauf. Ich komme mit, sagt Wagner-Hodler. Gut. Wagner weist auf den Kaffee. Ich hab leider keinen Zucker. Macht nichts. Ja, aber Milch hab ich auch nicht. Macht auch nichts. Paul gibt Wagner die Blätter zurück. Er stopft sie wieder in die Schublade des Küchentisches. Nehmen wir ihn halt schwarz. Ja, nehmen wir ihn schwarz.

Paul blickt den Tisch an, ein grobes Tischblatt aus Holz, mit einer abgewetzten Lackierung. Wo hast du den Tisch her? Den konnte ich günstig haben. Füntzig Franken. Füntzig Franken hast du bezahlt für diesen Tisch? Jaja. Ja, das geht noch. Gutes Holz. Ich kann einfach nicht an einem andern Tisch essen, fügt Wagner bei. Ich muss so einen alten Tisch haben. Paul nickt. Ja, das begreife ich gut. Wollen wir gehen?

Sie trinken den Kaffee aus. Wagner löscht alle Lichter, sie gehen hinaus. Schliesst du nicht ab? Nein, ich hab keinen Schlüssel mehr, ich hab den Schlüssel verloren, ich hab das Schloss herausbrechen müssen, damit ich überhaupt reinkomme. Aber morgen werde ich ein neues Schloss organisieren.

Sie gehen den Nydeggstalden hoch. Wagner weist auf ein erleuchtetes Fenster im ersten Stock eines der schmalen Häuser. Da wohnt jetzt Franco; er ist dran, das Zimmer zu streichen. Sie treten auf die andere Strassenseite und versuchen, ins Zimmer zu blicken. Sie springen hoch, können aber nur eine Leiter und daran hängende Farbkübel erkennen. Feiner Raum, sagt Paul. Hast du die Decke gesehen? Da hat's Stukkatur. Wie bezahlt der das? Wagner zuckt die Achseln. Keine Ahnung. Vielleicht ist's nur Bluff.

Wollen wir schnell schauen gehen, ob Bubu zu Hause ist?, fragt Wagner. Ja, warum nicht?, antwortet Paul. Ja, gut, gehen wir schnell zu Bubu hinauf. Sie klettern die schmale Treppe hoch, in den dritten Stock, und Wagner ruft: Bubu! Sie werfen einen

Blick in die Bude hinein und rufen nochmals: Bubu! Niemand ist da. Eben hab ich doch mit ihr zusammen geduscht, sagt Wagner. Jetzt ist sie weg. Womöglich ist sie zu ihrem Freund gegangen. Paul mag nicht weiter nach Bubu suchen, trotzdem sagt er: Wir können einen Stock weiter unten fragen, bei der andern, vielleicht ist sie bei ihr. Sie gehen einen Stock nach unten, läuten und warten eine Weile. Durch die Glastür dringt Licht; sie hören auch Geräusche. Doch niemand kommt und öffnet. Paul drückt die Klinke hinunter und öffnet die Tür. Durch den Flur blicken sie in die Stube, in der Stube steht ein Bett, und auf dem Bett liegen zwei und vögeln heftig. Da ist sie nicht, flüstert Paul. Wagner grinst. Paul schliesst die Tür sachte, die beiden gehen nach unten und treten auf die Strasse. Sie gehen langsam die Postgasse hoch. Paul fragt: Hast du eigentlich was mit der Bubu? Wagner sagt: Ich? Nur duschen, ich kann dort duschen. Das ist fein. Bubu ist ein feines Mädchen. Aber die hat Probleme! Mann, hat die Probleme! Wegen der Vormundschaft und so. Jetzt, wo sie zwanzig ist. Die hat nichts als ihren Hass. Hass auf was? Hass auf alle und alles. Zwanzig Jahre nur schlechte Erfahrungen. Vom Kinderheim ins Jugendgefängnis, in die Jugendanstalt, in die Erziehungsanstalt; kannst dir ja denken, was daraus wird. Schon vier Abtreibungen hinter sich. Sie hängt sich halt immer an irgend einen; den nimmt sie dann aus, nach Noten, und zuletzt spuckt sie ihm vor die Füsse. Eine bernische atomic bomb.

Paul zeigt auf eine erleuchtete Beiz. Wir könnten schnell da ins Café Postgasse, einen ziehen. Das ist die letzte Beiz, die noch gleich geblieben ist. Gut, sagt Wagner, da gibt's gute Gespritzte. Paul nimmt ihn am Arm. Gut, nehmen wir einen Gespritzten.

Wagner hält inne. Aber ich hab kein Geld. Paul zieht ihn weiter. Das macht nichts, ich bezahle. Dann gehen sie ins Café Postgasse. Da sitzen all die alten Postgässeler und lärmen, schimpfen und mekkern. Sie setzen sich in die Ecke beim Ofen, da sitzt gewöhnlich niemand, und blicken sich in der Beiz um. Es hat vorwiegend ältere Leute; das ist ihre Beiz, sie haben, so scheint es, alle Krach miteinander. Sie schimpfen über die Tische hinweg; die Serviertochter hat alle Hände voll zu tun, umgestürzte Biergläser wieder aufzustellen, Bierlachen aufzuwischen, neues Bier zu bringen und die Gäste ständig zu beschwichtigen. An den Wänden hängen die alten Erinnerungsphotos von Vereinsausflügen in den vierziger und fünfziger Jahren, weite Hosen, weite Rökke, Sommerhüte und Spazierstöcke. Darunter Namenlisten, die schwarzen Kreuze deuten an, wen es von ihnen genommen hat.

Paul stösst Wagner an: Du, komm, da ist nichts los, gehen wir wieder hinaus.

Die Gasse hoch. Wagner bleibt stehen. Wie spät ist's? Paul blickt auf die Uhr. Halb zehn, genau. Wir könnten schnell in die Krone. Ja, nickt Paul, wir könnten schnell in die Krone. Vielleicht ist einer drin. Sie treten durch den Hintereingang ein und blicken ins volle Lokal. Da sitzt das übliche Volk. Man muss gar nicht nachschauen. Wagner ruft: Sind alle da? Einige klatschen, rufen zurück: Vollzählig! Paul und Wagner gehen langsam durchs Lokal, grüssen nach allen Seiten, Arm in Arm, wie das Königspaar. Da sitzen der Zimmermann und seine Freundin, die Gertrud, der Dichter, der Dings, ist schon voll, der Tierbändiger hat grad zwei scharfe Stücke, links und rechts, die Brigitte, die süsse, die Briefschreiberin, die Susi, die abverheite Balleteuse, all die Studenten natürlich, machen kluge Gesichter, die Esther und ihre unglückliche Schwester, das Kind ist auch dabei, im dicken Bauch der unglücklichen Schwester, ein paar Unkonventionelle, ein paar Witzfiguren. Am anderen Ende angekommen, blicken sich Wagner und Paul an. Ah da ist gewiss nicht viel los, oder willst du dich von denen bekranken lassen? Komm, wir gehen wieder. Wir gehen in die Webern nebenan.

Sie treten, immer noch Arm in Arm, vorne aus der Krone, legen sich in die scharfe Rechtskurve und treten im gleichen Zug in die Webern ein.

Da sitzt natürlich der Zelli, grad bei der Tür, nimmt die halbe Beiz in Beschlag. Er wirft die Arme hoch, klatscht, lacht, winkt, ruft: Ah, voilà, schau da, die zwei Prinzen! Sie setzen sich zu ihm. Zelli ist voll in Fahrt, sagt gerade zu der Frau, die am Tisch nebenan sitzt und sich empört wegwendet: Sie haben schöne Haare! Fast wie meine Mutter! Meine Mutter hat die schönsten Haare von Olten gehabt! Die Frau blickt reserviert zur Seite, wendet sich ihrem Mann zu, der neben ihr sitzt, und tuschelt ihm etwas ins Ohr. Ein Grund für Zelli, sich an den Herrn mit dem strengen Haarschnitt und dem gepflegten Anzug zu wenden: Jetzt wird da nicht getuschelt! Immer das Getuschel und Gemuschel! Was halten Sie von Strawinsky? Heute nachmittag hab ich eine Platte aufgelegt, eine von Strawinsky, das ging so: Tajaaa, tata, babbuu! Kennen Sie die? Ich auf alle Fälle, ich bin fast aus den Schuhen gekippt!

Der Herr tut so, als ob Zelli nicht da wäre. Zelli weist auf die beiden andern am Tisch. Darf ich euch meine beiden Kollegen vorstellen? Das ist der Wagner, nicht der Richard, der andere, und das ist der Paul, der hat die schmutzigsten Schuhe von Bern.

Wagner sagt zu Zelli: Zelli, was machst du? Zelli rückt die leeren Stühle um den Tisch herum, nestelt an seinen Tennisschuhen, springt hoch und sagt: Hast du den backhand von Björn Borg gesehen? Das geht so! Er fuchtelt in der Luft herum. Paul stellt fest, dass das Servierpersonal schon mit bedenklichen Mienen herüberblickt. Er stösst Wagner an: Jetzt fliegen wir bald. Unbekanntes Lümmelvolk scheint sich köstlich zu amüsieren, schaut zu und lacht vergnügt. Man weidet sich an Zellis Verzweiflung.

Der alte Erhard stürmt zwischen den Tischen durch und schimpft über die Leute. Ein Mädchen steht auf und beruhigt ihn. Aber Erhard, sagt sie, tust wieder schimpfen? Schimpfst wieder über die Leute?

Paul bestellt Bier für alle drei bei der Serviertochter, die schon etwas sagen wollte. Zögernd geht sie nach hinten und gibt die Bestellung auf. Das Bier kommt. Sie saufen eine Runde. Zelli hält dem Herrn einen Vortrag über Farben, erklärt ihm, wie man aus rot und grün grau macht. Grau, das ist nicht einfach grau. Es gibt natürlich verschiedene Grau, und es ist schwer, an all die Grau heranzukommen. Plötzlich hält er in seinen Ausführungen inne und blickt den Herrn mit zusammengekniffenen Augen an: Das hab ich schon gedacht, dass das nicht Eure Frau ist, da! Der Herr richtet sich entrüstet auf: Was ist los? Was hast du? Da blickt Zelli triumphierend um sich und ruft: Der duzt mich! Der duzt mich!

Wagner sagt: Du, hier in der Webern ist nichts los, komm, wir gehen ins Piri hinauf. Paul leer das Glas, ruft die Serviertochter, die schnell und erleichtert kommt, bezahlt, und die drei stehen auf, gehen hinaus.

Sie gehen die Lauben hoch. Zelli tanzt voraus und ruft: Das ist ein pas de deux! Das ist ein pas de deux! Er hüpft und rennt umher, weicht entgegenkommenden Leuten mit grossen Seitensprüngen aus und schreit: Das ist ja nichts, diese Stadt! In Tennisschuhen schaffst du ganz anderes! Der Wagner beginnt auch herumzuhüpfen. Beide halten vor dem Schaufenster eines Reisebüros inne und blikken in die erleuchtete Ferienwelt. Eine Weile betrachten sie die Plakate und Angebote, verfolgen auf einem Fernsehschirm einen bunten Propagandafilm, der Palmenstrände, klares Wasser und übervolle Buffets zeigt, rufen ah! und oh!, klatschen, wenn der Jumbo von der Piste abhebt. Zelli reisst sich die Prince-de-Galle-Jacke vom Leib und sagt: Mir wird heiss, ich glaub, ich werd grad braun! Wagner hüpft in der Laube umher und ruft: Ha, morgen gehen wir nach Sambia! In Sambia sind alle Mädchen braun! Zelli singt: Schöön und kaffeebraun! Und Elefanten hat's! Haie und Hyänen! Während sie weitergehen, diskutieren sie heftig über Sambia. In Sambia, da ist der Himmel blau und das Gras grün. Dort hat's Palmen. Die Elefanten sind grün. Und blau. Und gestreift. Dort fahren alle Pedalo. Da geh ich hin! Da zieh ich die Bermudahosen an und rauch eine dicke Zigarre. Im Schwimmbad. Im Swimmingpool. Dazu ein Glas Burbon. Serviert von einer schwarzen Bombe mit solchen Brüsten. Ich leg mich in eine Hängematte. Ich kauf mir eine Honda und mach's wie Peter Fonda.

Der Harald Buser kommt daher, tadellos gekleidet wie immer. Er liebt England und frische Sokken. Dazu trinkt er Scotch. Der gepflegteste Musiker von Bern, aber heruntergekommen. Nur sieht man es ihm nicht an. Ein Manierist; er ist immer in Eile, tut reserviert, läuft den Frauen nach und ist doch immer am gleichen Punkt. Vielleicht komponiert er grad ein Meisterwerk. Üben tut er jedenfalls, das versichern alle Frauen, die es kurzfristig mit ihm zu tun kriegen.

Sie laufen alle auf Harald Buser zu und fallen ihm um den Hals. Busy! Harald ist gekränkt. Seid ihr wieder voll? Er lacht gequält. Oh, pardon, sagt der Zelli und rückt ihm das feine Halstuch wieder zurecht. Komm doch auch mit! Wir gehen einen ziehen. Oh nein, jetzt geht es grad nicht, ich hab noch was vor. Ja, dann halt nicht. Sie lassen ihn stehen und gehen weiter. Der geht sicher in den Militärgarten, sagt Wagner. Zelli lacht. Oder ins Bierhübeli, setzt sich an einen einsamen Tisch und begeilt jede Frau, die an ihm vorbeigeht. Ich kenn das! Wenn du dorthin gehst, dann siehst du sicher den Busy sich abquälen. Lasst den doch in Ruhe, sagt Paul, das ist sein Film.

Oben an der Gasse fragt Wagner: Wollen wir in die Harmonie oder in den Falken? Im Falken, da hat's jetzt sicher Volk. Paul wehrt ab: Nein, dorthin komme ich nicht. Nur noch ins Piri, dann nach Hause, fügt er bei. Darauf zweigen sie ab und gehen ins Piri.

Drin ist natürlich volle Lautstärke; die Leute sprechen durcheinander; Gedränge, Lärm und Rauch. Der alte Kuno sitzt alleine an einem runden Tischchen vor einem riesigen Humpen und blickt von unten herauf alle Leute an, die herumstehen und herumgehen. Paul klopft ihm auf die Schulter, aber nicht zu stark, denn Kuno ist zerbrechlich. Er isst fast nichts mehr und bricht sich ständig die Glieder. Dreiviertel seines Lebens hat er in Gefängnissen verbracht. Er ist Experte für den bernischen Strafvollzug. Tschau Kuno, sagt Paul, wie geht's? Kuno blickt hoch, lacht flüchtig und sagt: Tschau Paul, siehst krank aus. Das sagt er immer. Paul lacht. Es geht nicht allen so gut wie dir. Kuno verwirft die Hände. Ja, meiner Treu, so weit kommt's noch! So weit kommt's noch! Wie immer hat er einen Stoss

Flugblätter, Unterschriftenbogen oder Gefängniszeitungen vor sich liegen, die er verteilt oder verkauft. Er macht von seinen politischen Rechten Gebrauch, obwohl ihm das nur Scherereien einbringt. Hast du den neusten Schwarzpeter schon?, fragt er Paul und weist auf einen Stapel behördenfeindliches Material. Paul winkt ab. Den hab ich schon, den hab ich schon gelesen. Ich hab das gelesen von den Selbstmorden in den Zellen. Aha, du hast das schon gelesen, sagt Kuno. Sonst geht's gut?, fragt Paul. Ja, man kann, man darf ja nicht klagen, antwortet Kuno. Mach's gut, sagt Paul und klopft ihm nochmals sachte auf die Schulter.

Mittlerweile haben Zelli und Wagner schon ein paar Leute gefunden, die sie anpöbeln können, die es mögen, wenn man sie anpöbelt, sie sich geschmeichelt fühlen, wenn ihnen Aufmerksamkeit geschenkt wird. Da sitzt einer in der Ecke und lacht. Der lacht ständig. Wenn man ihn anspricht, lacht er. Der kann nur lachen, sonst nichts. Zelli und Wagner entwickeln eine Art Wechselgesang: Du bist nichts! Nichts bist du! Du bist ein Niemand! Ein Niemand bist du! Du bist weniger als nichts! Du bist noch weniger als nichts! Du bist ein Nichts! Ein Nichts bist du! Nichtser als nichts! Der andere lacht und lacht.

Paul denkt: Ja, Heilandstärnesiech. Was mach ich da? Für das Kino ist es jetzt zu spät. Fürs Nachhausegehen ist's noch zu früh. Soll ich mich einfach verziehen? Soll ich einfach hinaus und fertig?

Die beiden andern zerren ihn an einen Tisch. Da wird Schach gespielt. Der Dealer spielt mit dem Trompeter. Die drei setzen sich dazu und schauen eine Weile ruhig dem Spiel zu. Isidor bringt für alle Bier; er kennt den Laden und die Gäste. Paul sitzt da und betrachtet die Leute, während sich Zelli enorm für die Spielzüge zu interessieren beginnt und ständig dreinredet. Der Wagner will ihn beschwichtigen und sagt, er solle sich doch nicht einmischen. Der Trompeter wird wütend und schnauzt den Zelli an, er solle die Schnorre halten. Der Dealer macht eine bedenkliche Miene, denn er sitzt in der Klemme.

Die Leute in der Beiz sind alle laut und aufgeregt und sprechen heftig durcheinander. Jeder spricht mit jedem. Alle scheinen sich ausserordentlich viel zu sagen zu haben. Paul überlegt, ob er sich an einen anderen Tisch setzen soll, aber schon ist ein Streit ausgebrochen zwischen den beiden Schachspielern. Beide werfen einander vor, gemogelt zu haben, der Trompeter habe, als der Dealer nicht hingeblickt habe, einen Läufer aus dem Spiel genommen; der Dealer habe einen Läufer, den er verloren habe, wieder ins Spiel gestellt. Wo kommt denn der her? Wo kommt denn der her?, brüllt der Trompeter. Sie brechen das Spiel ab, wenden das Brett und stellen die Figuren neu auf, blicken eine Weile auf das frische Spiel. Da fragt der Trompeter den Dealer: Spielst du mit mir um tausend Franken? Der andere blickt hoch: Ja – das heisst – ich hab selber keine tausend. Ich würd schon, aber nur, wenn ich gewinne. Der Trompeter fragt wieder: Was hast du denn? Was setztest du denn ein? Der Dealer kramt in seiner Hosentasche. Da, schau, das ist alles, was ich noch habe. Er streckt ein Zweifrankenstück hoch. Der Trompeter überlegt kurz, sagt dann: Gut, du setzest zwei Franken ein, ich setze tausend ein. Ok? Doch der Dealer will nicht; auch das kommt ihm noch komisch vor. Denn es ist sein letztes Geld. Er winkt ab. Sie packen die Figuren in die Schachtel und schieben das Brett zur Seite. Der Trompeter steht auf und geht schiffen. Zelli macht sich an den Dealer heran. Doch der Dealer hat genug vom Gesindel, ist verärgert, steht auf und geht nach hinten zu seinesgleichen. Wagner kommt mit einer weiteren Runde Bier.

Paul steht auf und geht zu Monika, die mit Franz, dem Kommunenguru, zusammensitzt. Er hat ihr soeben etwas gesagt, so dass sie zu weinen beginnt. Zwischen zwei Schluchzern schreit sie: Du bist ein Sauhund! Ein Sauhund bist du! Franz wartet ab und schaut zu, wie sie weint. Da neigt sich Paul zu ihr hinunter und fragt: Monika, was ist? Sie sucht ihr Taschentuch und sagt: Ihr seid alles Sauhunde, fertige Sauhunde! Paul wartet eine Weile und sagt dann: So, Monika, komm, wisch dich ab, da, nimm meins. Komm, ich zahl dir einen Jerez.

Monika putzt sich die Nase, der Guru verzieht sich zu einer Frau, die ihr abgewracktes Ich hinter indischem Plimplim versteckt. Paul setzt sich neben Monika. Was ist, fragt er nochmals, was hat er? Der meint, der könne alles machen mit einem, der Sauhund, wie alle Männer! Paul winkt Isidor, ruft Jerez und streckt zwei Finger hoch. Du hast recht, sagt er dann zu Monika. Aber was soll man denn in dieser verschissenen Welt noch glauben?, fragt Monika und blickt ihn aus verheulten Augen an. Das weiss ich nicht, antwortet Paul. Man kann einfach zu niemandem mehr Vertrauen haben, die machen einen fertig, alle machen einen immer grad fertig. Ich weiss, sagt Paul. So ist das. Komm, hier, der Jerez. Monika nippt am Jerez, während ihn Paul in einem Zug austrinkt, dann wieder aufsteht und sagt: So, ich seh mal nach, was der Zelli und der Wagner wollen.

Er setzt sich wieder zu den andern, die voll in Fahrt sind und singen. Sie sind am Karneval von Rio, und mit Händen und Füssen tanzen sie den Samba; das klopft und trommelt, während der

Trompeter durch seine Hände, die er wie einen Trichter vor den Mund hält, eine brasilianische Melodie pfeift.

Paul schaut sich die Szene eine Weile an und denkt: So, jetzt ist fertig, jetzt geh ich nach Hause, jetzt mag ich nicht mehr. Er winkt kurz, doch die andern lassen sich nicht unterbrechen. Dann steht er auf und geht.

Nach der Hitze und dem Lärm in der Schenke ist es geradezu wohltuend, auf der nassen, kalten, leeren Strasse zu stehen. Er blickt sich um, schaut am Stadttheater und am Kornhaus hoch. Früher war er in der Jugendtheatergemeinde; daran erinnert er sich plötzlich. Da hat er in diesem Theater gesessen und hat sich gewundert über so viel Langeweile. Später, als Rekrut, ist er ins Kornhaus geschleppt worden und hat sich über all die Mädchen gewundert, die auf das fade Soldatengeplänkel eingegangen sind. Er schaut zur Tramstation hinüber, wo einige Heimkehrer stehen und frieren. Er blickt auf die Uhr: Sie zeigt halb elf. Er denkt: Die Leute werden jetzt aus den Kinovorstellungen kommen; vielleicht treff ich noch einen.

Er geht wieder die Gasse hinunter und schaut sich die Passanten an, die eilig oder gemächlich, vergnügt oder missmutig durch die Lauben gehen. Sich nicht alles bieten lassen. Sich alles bieten lassen. Bern, die Hauptstadt von Sambia. Am Stadtrand fängt die Savanne an, weiter hinten dann die Wüste. Bern liegt in der Wüste. Alles Geld aufschütten zu riesigen Schamhügeln. Lieber reich und gesund als arm und krank. Die Wüste lebt. Wagner malt Hügel. Franco malt sein neues Zimmer. Zelli trägt Turnschuhe. Busy sitzt im Militärgarten und wartet auf ein bisschen Liebe und Zärtlichkeit. Paul geht die Gassen auf und ab, weiss sich nicht zu helfen und hat Angst.

Er tritt in die Webern ein und setzt sich an einen Tisch zu Leuten, die er nicht kennt. Er schaut sich kurz um. Einige kennt er vom Sehen, aber keinen persönlich. Alles egal. Er merkt, dass er voll ist; diese aggressive Gleichgültigkeit ist eingefahren, die dann kommt, wenn der Widerstand gegen das Enttäuschtsein nachlässt.

Die Leute am Tisch sind tatsächlich im Film gewesen; er weiss, wovon sie sprechen, er hat den Film auch gesehen. Er könnte ins Gespräch eingreifen, denn er ärgert sich, dass sie vom Film nichts verstanden haben, aber er lässt es bleiben, er will sich nicht mit Leuten streiten, die nichts verstehen. Da erblickt er die Cellistin, steht wieder auf und setzt sich zu ihr, grüsst, fragt, ob es erlaubt sei. Die Cellistin verzieht keine Miene. Er fragt sie, wie es ausgegangen sei mit ihrem Freund. Aber sie will nichts wissen von einem Freund. Sie weiss von nichts mehr, ist verladen und berichtet irgend etwas von einer Eisenbahnfahrt nach Interlaken. Die Berge sind viel zu hoch.

Weiter hinten erblickt er Klara, die allein an einem Tisch sitzt und mit sich selbst spricht. Sie hat eine brennende Kerze vor sich stehen. Er erinnert sich, dass er in der Laube im Vorbeigehen gesehen hat, wie sie mit der Kerze in der Hand in ein dunkles Schaufenster hineinleuchtete.

In die Webern kommen jetzt eine Menge Leute. Die Serviertöchter haben alle Hände voll zu tun. Er hört nochmals hin, was die Leute am Tisch schwatzen, steht dann auf, umsomehr, als die Cellistin nicht mehr aufhören kann mit Interlaken und den Bergen, und geht zu Klara, sich an Stuhllehnen und Tischkanten festhaltend. Klara, willst du ein Bier? Sie blickt hoch und sagt: Ja, gern, nein, lieber einen Tee. Ja, einen Tee will ich. Na gut, sagt Paul, bestellt bei der vorbeihastenden Serviertochter ein Bier und einen Tee. Er setzt sich neben Klara und schaut zu, wie sie an der Kerze herumfingert. Mit einer Kerze, erklärt Klara, kann man durch die Dinge hindurchblicken, man sieht dann, was dahinter ist. Sicher, sagt Paul. Kerzen sind nämlich nicht einfach nur so, da ist nämlich was dran; ich zum Beispiel, ich muss jetzt lernen, meine Augen an das Kerzenlicht zu gewöhnen. Wenn ich meine Augen erst einmal daran gewöhnt habe, kann ich hinter die Dinge schauen. Sicher, sagt Paul.

An denselben Tisch hat sich eine Frau gesetzt, die Klaras Erklärungen fassungslos zuhört. Paul wendet sich an sie: Gell, die Klara ist eine Gute? Die Frau lacht unsicher, steht gleich auf und verlässt das Lokal, den Mantel fest um sich geschlungen.

Irgendwelche Bürger kommen an den Tisch. Anzug-Männer. Sie blicken mürrisch auf Paul und Klara, denn das ist ihr Stammtisch. Sie setzen sich so vorsichtig hin, als ob gleich die Pest ausbrechen würde. Schliesslich kommen Tee und Bier; die Serviertochter wischt geschäftig das Tischtuch; die Anzug-Männer sitzen im Stadtrat und haben Wichtiges hinter oder vor sich. Der eine neigt sich seinem Nachbarn zu und flüstert ihm ins Ohr, während er mit einem Auge zu Klara hinüberschielt: Die spinnt. Der andere blickt zu Klara und Paul hinüber. Paul fragt ihn: Wie ist es, in der Regierung von Sambia zu sitzen? Der Herr ist verwirrt. Was Sambia?, fragt er und blickt zum Flüstermann.

Klara hat ihren Tee ausgetrunken und sagt, sie müsse jetzt unbedingt nach Hause. Paul steht auch auf, ist ihr beim Mantelanziehen behilflich und sagt: Tschau.

Er setzt sich an einen andern Tisch, wo ihn jemand zu kennen scheint und ihn fragt: So, wie geht's? Paul weiss zwar nicht, wer das ist und woher der ihn kennt, antwortet aber: Gut. Vielleicht spricht der ihn einfach nur an. Paul räuspert sich und wiederholt: Es geht. Der andere mit dem Vollbart und den unruhig blickenden Augen scheint froh darüber zu sein, dass sich Paul zu ihm gesetzt hat. Paul will ein Gespräch. Was sprichst du für einen Dialekt?, fragt er ihn. Das ist eben freiburgisch. So? Das ist ein schöner Dialekt. Du musst Sorge tragen zu deinem Dialekt. Der andere zuckt die Achseln: Sie lachen eben. Wer? Eh, die von hier. Warum? Weisst du, da gibt's eben Wörter, die kannst du hier nicht sagen. Du spinnst! Doch. Wenn ich diese Wörter brauche, dann lachen alle. Jawas! Doch. Was denn zum Beispiel? Da gibt's viele Beispiele. Was denn? Wenn ich zum Beispiel, nur zum Beispiel, statt gäbe gääbe sage. Oder für traage trääge. Gott, geht's denn eigentlich noch! Paul tut entrüstet. Jawas! Dann sollen sie halt lachen, das ist doch egal. Das kannst du schon sagen, antwortet der Bärtige, aber sag mal einem Mädchen: Ich möchte dich in meinen Armen hääbe. Die kriegt grad einen Lachkrampf. Paul winkt ab. Dummer Seich! Der andere überlegt. Du hast schon recht, aber ich kann die Wörter halt trotzdem nicht so sagen. Ich muss hier eben berndeutsch reden.

Er steht auf und holt Paul ein Glas. Du nimmst doch auch ein Glas Roten? Ich schaff die Flasche sowieso nicht alleine. Sie prosten sich zu. Paul sagt: Paul; der Bärtige sagt: Friederich. Danach fragt er Paul, ob er noch mit ihm ins Chiquito komme, er möchte gerne ins Chiquito, da sei immer etwas los. Paul stellt das Glas ab und schüttelt den Kopf. Nein, jetzt schliessen bald die Beizen, und dann ist es Zeit für mich. Ich habe schon genug gesoffen. Der Bärtige lässt nicht locker, er will unbedingt noch ins Chiquito gehen und dort eine Frau aufreissen. Paul wiegt bedächtig den Kopf hin und her. Das dürfte schwierig sein, dort ist jetzt nicht mehr viel zu holen. Darauf sagt der Bärtige: Ich probier's trotzdem mal. Paul steht auf.

Ihm ist schlecht. Jetzt nur nicht kotzen. Ein anständiger Abgang. Bitte. Vorne nichts und hinten nichts. Ein unbedeutendes Datum. Ein unbedeutender Tag. Schon steht er vor dem Rathaus. Da könnte er jetzt noch einmal hineingehen. Aber was soll er dort noch? Er schaut trotzdem hinein. Da sitzen nur noch wenige Leute; es wird nicht mehr serviert, die Stühle werden schon auf die Tische gestellt. Er sieht den strengen Blick und das kategorische Nein im Gesicht der Buffetdame. Der Sergej sitzt noch da in seinen bunt schillernden Kleidern und lächelt. Willst du einen Eishockeymatch organisieren?, fragt er Paul, der sich schwer auf das Tischchen stützt. Eishockey? Ich versteh nichts von Eishockey. Sergej ist beharrlich. Du bist doch der, der einen Eishockeymatch organisieren kann. Ich? Nein, das muss ein Irrtum sein. Ich kann keinen Eishockeymatch organisieren. Schade, sagt Sergej, jetzt habe ich geglaubt, du könntest einen Eishockeymatch organisieren. Ich kann nichts organisieren, sagt Paul. Schade, wiederholt Sergej, du wärst der Mann gewesen. Ich hasse Zahnärzte, antwortet Paul.

Er geht wieder hinaus, verwickelt sich im Türvorhang, findet die Türklinke nicht mehr und steht trotzdem plötzlich im Nieselregen.

Das Mittelalter verfolgt mich, denkt er.

Alles ist gelaufen. Die Wirtschaften schliessen. Die Gesellschaft macht dicht. Den letzten beissen die Hunde. Zur Strafe hundertmal schreiben: Ich darf nicht schwatzen. Im Takt marschieren. Die

Musik spielt einen flotten Marsch. Zu Befehl! Und dann und wann ein weisser Elefant.

Er stellt sich vor, in Sambia zu sein. Welche Sprache sprechen sie in Sambia? Negerisch? Er spricht negerisch. Er kauderwelscht vor sich hin. Er hält eine Ansprache an das Volk. Eine wichtige Radioansprache. Die Zukunft des Landes hängt von seiner Ansprache ab. Er versucht, gut zu kauderwelschen. Er gibt sich Mühe, artikuliert deutlich, bildet einfache Sätze, damit ihn ja alle verstehen können, auch die Stämme in den abgelegenen Gebieten. Alle drücken ihr Ohr an den Transistor. Plötzlich ist es eine Fussballreportage auf Portugiesisch: Pele schiesst ein Tor für Brasilien aus einer unmöglichen Rücklage, trotzdem ist der Ball geschnitten, ein Aufsetzer in die linke untere Ecke, der Torhüter ist machtlos.

Er geht die Metzgergasse hoch und kommt zum Auto, nimmt den grünen Bussenzettel, schliesst die Tür auf, steigt ein, bleibt kurz sitzen, überlegt sich, was er noch machen könnte.

Es fällt ihm nichts mehr ein.

Er könnte zum Beispiel den Albi anrufen und ihn fragen, ob er bei ihm schlafen könne. Ja, das wäre vernünftig. Er steigt wieder aus, geht zu einer Telefonkabine und sucht den Albi im abgegriffenen Telefonbuch. Er findet ein Geldstück, wirft es ein. Diese Nummer ist nicht mehr in Betrieb, sagt ein Tonbandfräulein. Danke vielmals, nichts für ungut, antwortet Paul. Er geht zum Auto zurück und steigt wieder ein. Wo könnte er sonst noch hingehen?

Es fällt ihm nichts mehr ein.

Er könnte, wie er es schon oft getan hat, mit dem Auto die ganze Nacht herumfahren. Das geht aber nicht: er hat zu wenig Benzin. Geld hat er auch keines mehr. Er ärgert sich, dass er soviel ausgegeben hat.

Also dann. Er startet den Wagen, stellt ihn aber gleich wieder ab, weil er das Gefühl hat, es sei ihm noch etwas eingefallen, aber grad beim Abstellen hat er es vergessen. Er startet den Wagen wieder.

Aus der Glocke wanken zwei Unteroffiziere. Sie singen. Die Nacht ist ohne Ende.

Zimmermanns Autofahrt

Am 3. Oktober 1977 fuhren der Maler Zimmermann und seine Freundin von Bern nach Biel. Der Himmel war stark bewölkt, und man hatte stellenweise auftretenden Bodennebel angekündigt.

Zuerst das Kaffeegespräch.

O mein Heimatland! O mein Vaterland!
Wie so innig, feurig lieb ich dich!
Schönste Ros, ob jede mir verblich,
Duftest noch an meinem öden Strand!

Was heute in der Zeitung steht. Ich hab sie jetzt, du kannst warten, bis ich fertig bin. Nur die Überschrift: Schleyer-Terror auch bei uns? Wenigstens als Frage formuliert. Kann ich jetzt meine Zeitung lesen?

Ob ich noch einen Kaffee will? Der SC Langnau hat den SC Bern geschlagen! Wieviel? Steht da nicht. Doch, auf Seite neunzehn. Zwei zu null. Die Schweizer Militärpiloten üben am Polarkreis. Schau, so einen Kleber haben die, zur Erinnerung. Hexenjagd auf Heinrich Böll, was hab ich dir gesagt? Dies hier ist interessant: Geld, schnell, vorteilhaft und diskret. Oder hier: Neu aus USA! Die Kraftnahrung für stahlharte Muskeln. 14 kg mehr Muskeln in 14 Tagen! Über tausend Dankschreiben. Oder hier: Vibrator 'Twisting John', der heisseste Vibrator aus dem Orient! Organische Form! Vibriert kräftig und ist beweglich durch Fernsteuerung. Oder hier: Sexfilme: Eden der Liebe. Liebesorgie. Erotische Banane. Sinnesrausch. Erotisches Weekend. Superorgasmus. Süsse Träume. Oder hier, schau: Schenken Sie Ihren Gastgebern und Bekannten einmal etwas Neues: Eine samtweiche, naturgetreue Frauenbrust, die klingelt. Ob ich noch Kaffee will? Das Horoskop! Das Horoskop noch! Das ist wichtig. Jungfrau: Eine Aufgabe, die Ihnen bisher zu schwierig schien, nehmen Sie mit Energie in Angriff. Mass halten im Genuss! Auf einen guten Eindruck kommt viel an.

Komm, wir gehen.

Also, heute ist der zweite, nein, der dritte Oktober, Montag, neun Uhr morgens. Steig ein. Zuerst wenden. Wenden, wenden, fahr mir nicht in den Bus! Richt dich ein, die Sicherheitsgurte. Du kannst auch den Sitz verstellen, wenn du willst: zum Beispiel die Rücklehne nach hinten, hier, mit dem Hebel da, auf der Seite. Soll ich heizen?

Wie heisst der Pfarrer dieser Kirche? Das war erstaunlich; das erste und einzige Mal, dass ich eine Kirche betreten habe. Da haben sie den Generalstreik gegeben in der Kirche, als Theaterstück, stell dir vor! Alles voll Volk. Die Pfarrherren könnten doch froh sein, wo doch die Kirchen sonst leer sind, höchstens zwanzig Unverbesserliche am Sonntagmorgen, Witzfiguren.

Nein, so ist es nicht. Es ist an sich egal, ob Kirchen voll oder leer sind, wenn nur der Kirchenfriede nicht gestört wird. Der kluge Pfarrer ist denen zu unheimlich. Perverserweise wollen sie denn auch immer gleich zur Kirche austreten, weil sie ihnen zu kommunistisch geworden ist.

Die reagieren doch krank.

Die reagieren höchst gesund, wenn es darum geht, andere fertig zu machen! Das sind die Leserbriefschreiber, die Anonymbriefschreiber, die Nachttelefonierer, die Denunzierer, die Hintenherummanipulierer, all die little piggies. Have you seen those little piggies lying in the dirt?

Fahr weg, da blinkt einer. So, jetzt weg, weg. Weg von diesem Mief. Weg von dieser morbiden Stukkatur. Ein schöner Tag. Herrschaft! Nom de Dieu! Also ab, fort! So, zur Stadt hinaus! Stadtauswärts. Jetzt über die Brücke.

In der Matte, da, rechts unten, da spielten die bernischen Schmuddelkinder. Mit denen spielt man nicht. Wenn man mit ihnen spielt, macht man nichts als schlechte Erfahrungen. Man wird verhauen.

Das ist aber alles vorindustriell. Das Proletariat siedelte sich anderswo an: Lorraine, Länggasse, Mattenhof und so weiter. Täusch dich nicht! In der Matte sollen sie die erste rote Fahne aus einem Fenster gehängt haben. Nicht im Marzili? Möglich. Und jetzt? Jetzt haben Spekulanten die Matte aufgekauft und bauen die alten Häuser zu Bordellen um. Wie früher. Das letzte Bordell soll in der Matte gestanden haben. Die Spekulanten, das sind die ehrbaren Bürger. Es gibt nur ehrbare Spekulanten.

Über die Brücke. Da unten befindet sich heute das Lumpenproletariat. Die Narkomanen. In diesen baufälligen Häusern. Zu horrenden Mietzinsen. Vermieter sind ehrbare Leute.

Du steigst über pralle Abfallsäcke, die schon lange vor den Eingängen dahinmodern, öffnest Türen, deren Schlösser schon mehrmals aufgebrochen, schliesslich weggerissen wurden. Aufgestapelte Briefkästen mit vielen unleserlichen Namenschildern. Du kletterst muffige Treppenhäuser hoch, unbekannte Gerüche. Stille. Du klopfst an die Tür mit dem japanischen Regenschirm, hörst behende, leise Schritte, die Tür geht sachte auf, die schöne Cloé oder wie sie heisst strahlt dich an. Du schlüpfst hinein in dunkelverhangene Zimmer mit karger Möblierung, indischem Kitsch, Kerzen, Räucherstäbchen, Plimplim und Singsang vom Recorder. Das schöne Mädchen eröffnet dir ihre Glückseligkeit über deine Anwesenheit.

Über die Brücke. Da unten fischen einige zwischen Klosettpapier, Damenbinden und Präservativen ein paar angeschimmelte Forellen. Der Bus! Sieh dir all die hoffnungsvollen Gesichter an! Abwechslung nur, wenn der Bus über eine Brücke stürzt. Parkingmeter. Das Fräulein mit dem Lederschirm und der Ledertasche. Alle tragen teure Lederjacken, auch der Länggassbus ist aus Leder, wohlriechendes, feines Wildleder.

Die weissen, blauen und gelben Markierungen auf der Strasse sind auch aus Leder.

Ah! Jetzt geht's ab! Jetzt geht's ab. Den Aargauerstalden hoch. Die Parkfelder. Das war mit Franz. Er hat seiner Mutter den Mini entwendet. Damit sind wir nach Neuchâtel gefahren, weil damals Neuchâtel den Ruf hatte, voller scharfer Institutsschülerinnen zu sein. Doch da war nichts, natürlich. Auf der Rückfahrt haben wir beschlossen, uns die Huren anzuschauen. Kaum waren wir ausgestiegen, kamen zwei Tschugger in Zivil. Was wollen Sie da? Was? Ja, was wollen Sie da? Was wir wollen? Ja, was wollt ihr? Wir? Ja, ihr. Wir wollen doch nichts! Wir wollen das Auto parkieren, sonst nichts. Ja, das Auto wollen wir parkieren. So, das Auto wollt ihr parkieren? Und sonst noch? Was, und sonst noch? Ja ja, und was sonst noch? Nur das Auto parkieren. Richtig, wir wollen nur das Auto parkieren. Was ist das überhaupt für ein Auto? Das? Das ist meins. Ihres? Zeigen Sie mal Ihre Ausweise! Sozusagen meins. Noch nicht ganz. Meine Mutter, wissen Sie, hat's mir nämlich sozusagen fest versprochen. Zeigen Sie mal Ihre Ausweise!

Und? Was und? Kannst dir ja denken. Posten, Verhör, verstörte Eltern und all der Scheisskram. Dirnen habt ihr keine gesehen? Kannst dir ja denken. Kein Bein.

Richtung Autobahn, rechts der Bärengraben, schau die schönen jungen Bären, Fix und Foxi! Komm, mach kein Theater.

Den Aargauerstalden hoch, es ist feucht, nasskalt, die Bäume im Herbst, Blick zurück in die Stadt. Parkierte Autos. Blätter am Boden. Baumaschine. Eine Baustelle. Transporter. In Skandinavien nennt man sie Ruchbrot, weil sie die Form der Brote haben, die dort gebacken werden. Überall in der Welt trifft man sie an, loben die VW-Transporter-Freaks, überall soll man damit durchkommen. Zuerst die Sahara-Reisen, dann die Naher-Osten-Reisen, dann die Ferner-Osten-Reisen, und wo die verwirrte Generation sonst noch überall hingefunden hat auf ihrer Suche nach konfliktfreiem Sich-selbst-Vergiften und Innenwelt-der-Aussenwelt-der Innenwelt-Kling-Klang.

Sie kommen immer wieder zurück, mit oder ohne VW-Bus, mal auf ihren Beinen, mal in plombierten Zinksärgen Kloten Airport Fracht Cargo Swissair. Immer bleiben sie nur kurz, auch wenn sie zwischendurch mal was vom Sich-Durchschlagen fabulieren; aber das liegt nicht drin, das liegt nie drin. Zusammen mit ihren süchtigen Frauen und ihren süchtigen Männern, ausgemergelten Lumpengestalten, die sich noch gut vorkommen, zusammen mit ihren vergifteten Kindern, un- und überzählig. All die gesammelten wirren Blicke und wirren Geister häufeln sich wieder in ihre Guru-Busse und schieben ab; ein Stein fällt vom Herzen der örtlichen Fürsorgestelle, sollen sich andere damit abplagen.

Wagen. Weiss gelb rot rot rot rot weiss rot blau gelb rot gelb weiss grau grün weiss grau grün. Wieder die Bäume. Blätterhaufen. Eine Frau mit schwarzem Polarhund oder Neufundländer, Islandhund, Grönlandköter. Überfüllte Abfallkübel. Sackgasse. Das Warten an der Steigung. Der Horror der Fahrschüler: für sie besteht die Welt aus Steigungen, an denen sie anhalten müssen. Hier, diese Steigung, tatsächlich Rotlicht. Also bequem hinsitzen. Geniesse es! Lehn dich zurück! Die Beinhaltung so, dass du bequem sitzest; ein entspanntes Fahren. Das Lenkrad im Griff. Hier ist selbstverständlich immer rot. Stadtmühle Bern. Vitaminkraftfutter. Die Bauarbeiter in ihren orangen Überkleidern. Orangenüberkleider. Einer leert einen Schubkarren in eine Wanne. Drüben stellen sie Trax und Lastwagen für die Baustelle oben am Hang bereit. Gang herausnehmen. Warten. Ganghang. Hanggang.

Auf der Grossen Scheidegg Lehre als Kellner angefangen, dann aber, angesichts der prassenden Schickeria (1942) abgebrochen, nach Hause zurückgekehrt, vom Vater verprügelt. Dann zur PTT, Glücksfall, Glückspilz, Telefonleitungen montieren Klar, sagte er und nahm einen Schluck Bier, klar wäre er gerne was Besseres geworden, aber was soll's? Damals lag sowas nicht drin. Alle seine Onkel sind nach Südamerika ausgewandert. Von guter Berufsbildung sprach niemand; die Zeiten waren schlecht. Die Arbeit auf der Baustelle. Die herbe Art, den Leuten was zu erklären, die boshaften Spässe, das ungenierte Ausdrücken sinnlicher Begierden. Der Dreck an den Schuhen, die betonaufgerauhten Hände, die verdreckten Überkleider, der Hunger am Mittag, die Müdigkeit abends. Das Wetter, der unaufhörliche Nieselregen, der Frost morgens, die Nachmittagshitze, der Lärm, der Staub. Das unübersichtliche Gewirr von Leitungen, Gräben, Röhren, Löchern, Ecken, Sockeln, Stollen, Profileisen, Drähten. Die gequetschten Zigaretten, die Bierflaschen mit den Abdrücken der Fingerkuppen darauf, die Znünibrotpapiere, die Zeitungen mit den Balkenüberschriften. Kleines Mädchen brutal erwürgt! Schah in St. Moritz! Bankier vermisst! Schweiz – England 0 : 0! Pyroman im Prättigau! Clay Regazzoni out! Erdöl im Freiburgerland? Eisenbahnen in den roten Zahlen! Bier wird teurer! In der Baracke die Käsesocken aufgehängt, aufgebrochene Sardinenbüchsen auf den Planken, leere Zigarettenschachteln, Hosenträger, gelbes Regenzeug.

Noch ein paar Zeilen, für Niklaus Meienberg: Es ist schön warm im Auto. Oben engt es ein wenig ein. Das ist die Jacke, wenn sie zugeknöpft ist.

Wieder leeren sie Schubkarren um Schubkarren in diese Wanne. Die Polizisten machen sich an die Arbeit. Auch die Taxifahrer; dieser dort macht seine Besorgungen, ein Pensionierter. 45 11 11. Leo im Taxi, der Fahrersitz in der allerhintersten Position, damit er seine langen Beine überhaupt ins Auto bringt. Zusätzlich die Rücklehne weit nach hinten gestellt, wie die Rennfahrer. Er mag es nicht, wenn er die Lehne wegen eines vierten Fahrgastes nach vorn stellen muss. Arbeiten mag er nicht, und da Autofahren für ihn nicht Arbeit, sondern Vergnügen ist, sitzt er völlig zufrieden seine zwölf bis sechzehn Stunden im Peugeot-Automat ab. Er fährt schnell; innerorts ständig achtzig. Schnellfahren bringt mehr Kurse, mehr Kurse bringen mehr Geld. Etwas mehr Geld. Wo die Polizisten ihre Radarfallen aufstellen, weiss er haargenau. Nachts fährt er lieber. Nachts ist was los. Er kennt alle Dirnen; er bringt sie mal hierhin, mal dahin. Sie sind nicht knauserig, grosszügiger als die Leute am Tag. Er hatte noch nie einen Unfall, noch nie eine Beule. Das müsste er selber bezahlen, und das liegt nicht drin bei neunzehnhundert Durchschnitt im Monat. Du musst dein Köpfchen brauchen, verstehst du? Klug sein. Non monsieur, je ne suis pas ouvrier, je suis chauffeur. Immer noch besser als in der Hasler-Fabrik Drähte zusammenlöten.

Wenn Leo allein fährt, zieht er den Wagen wie ein Rallye-Fahrer durch die Kurven, dass es nur so quietscht. Am Sonntag oder wenn er frei hat und nicht gerade schläft, steigt er um auf seinen NSU TT mit den schwarzen Streifen und fährt in den Jura, um Eierschwämme und Steinpilze zu suchen. Weisst du, der Mensch braucht das, verstehst du?

Endlich geht's los. Was bauen sie da? Bodenaufreissen. PTT-Generaldirektion. Die schönste Architektur der Welt. All diese Architektendebakel! Eine ganze Architektengeneration ist futsch. Das sind die Jahrgänge siebenunddreissig bis siebenundvierzig. Die Kriegsgeneration, die in einer Art Aufbruchstimmung an die diversen Schulen ging, von all den Wundermännern aus Le Locle und Helsinki hörte und das Bauwesen revolutionieren oder doch immerhin ein gewisses Etwas von modernem Lebenskomfort in den Hausbau bringen wollte; nächtelang durchdiskutiert bei Soft Jazz und Four Roses, versuchsweise ausprobiert in Bauausschüssen und an Zeichentischen: Wenig ist übriggeblieben. Die moderne Kalkulation und Profitulation hat alles hinweggefegt, hat sie vom Tisch gewischt, hat sie geschasst, hat sie veranlasst, falls sie nicht schon selber drauf kamen, selbstgenügsam an den architektonischen Verbrechen mitzuarbeiten, oder, falls sie an sich gut waren, in zweiflerischem Abwehrkampf zu verkommen. Das sind die Entlassenen, Heerscharen von Architekten mit kleinen Kindern, zum ersten Mal geschieden, missglückte Hauskäufe und zerstörte Hoffnungen, die sich nun auf abenteuerliche Weise durchschlagen müssen als Fremdenführer in Tunesien, künstlerische Kunstmaler, behaarte Disc-Jockeys, verspätete Kommunarden, Schafzüchter und öffentliche Schachspieler, und, nachdem das epocheerklärende Buch über Göhnerswil herausgekommen ist, schwarz auf weiss nachlesen können, wie hier und heute gebaut wird, und zwar, das wussten sie alle ganz genau, ganz anders, als sie es sich zuerst vorgestellt hatten und wie sie es sich gewünscht hätten. Und das, obwohl sie alle dazu befähigt gewesen wären, uns allen, allen!, die wunderbarsten Wohnverhältnisse zu schaffen.

Eine Nonne, eine Schwester mit Regenschirm, eine Diakonissin. Schallgedämpft. Die arbeiten schallgedämpft, schallgedämpfter Presslufthammer. Fahren – fahren – fahren. Aber jetzt muss ich fahren, ja!

Weiss & Marti AG Tiefbau Strassenbau. FC Bern – FC Servette. Schweizergarten Hotel, an der Ritterstrasse. Lanz Renault Garage. Kinderwägelchen. Ein alter Mann. Velo. Durch die lange, gerade Strasse hinaus, die Kaserne entlang. Parkfelder. Ah! Die Kaserne links, rechts die Reithallen, der Exerzierplatz. Licht machen.

Der von der Kaserne. Stell dir die Kaserne um die Jahrhundertwende vor. Da gibt's die Kavalleristengokkel, verwöhnte Kinder reicher Bauern, dumm, aufsässig, unbeherrscht. Sie stolzieren lässig über das Kopfsteinpflaster, lassen sich vom Gesindelpack die Stiefel polieren und die Pferde striegeln, werfen einen Batzen ins Sägemehl. Herrenreiter. Das Gesindelpack der Kavallerie, das sind die Knechte, Stallburschen, die für zwanzig Rappen alles machen.

Dann gibt's die Artilleristen, grobschlächtige Säufer die Soldaten, mächtige Kerle, selbstsicher, die Handwerksburschen der Stadt, und ihre Vorgesetzten, die eigentlich kühlen Rechner, Leute der Intelligenz, liberal, antiklerikal.

Dann gibt's noch das Infanterievolk, das sich verschämt herumdrückt, das Proletariat, das darauf wartet, aus diesem verrückten Umzug wieder entlassen zu werden. Sie haben die hässlichsten Uniformen und die bösartigsten Vorgesetzten, Offiziere aus dem Kleinbürgertum; Lehrer sind gefürchtet. Sie geht das ganze am wenigsten an, obwohl es hier Unterkunft und zu fressen gibt.

Um all das herum die Spunten, die Dirnen, die Saufgelage, die Schlägereien, die Coiffeure, die Plackereien. Dies hat sich eigentlich wenig verändert.

Der Eindruck, den du hast beim Einrücken: Irgendwie wirst du, auf mirakulöse Weise, in die dreissiger Jahre zurückversetzt: die Sprache, die Handlungsformen, die Gegenstände, das Denken. Aber das hat jetzt gebessert. Das muss man ihnen lassen. Hier, zum Beispiel, diese Hallen: nach neuesten betriebswirtschaftlichen Erkenntnissen gebaut. Ist das nichts? – Aber es funktioniert nicht. Es ist zu nichts nutze. Da wird nichts produziert, abgesehen von der sogenannten Sicherheit. Da stehen im Keller hundert blitzblank geputzte Fahrzeuge und warten auf den Finfall der Russen. Aufgetankt. Kontrolliert. Gezählt. Durchdacht. Das hat nichts mit Betriebswirtschaft zu tun. Das ist ein Geschäft. Geschäftstüchtige Importeure haben die zuständigen Stellen davon überzeugen können, dass die Schweiz weniger gefährdet wäre, wenn sie diese Fahrzeuge in dieser wunderbaren Halle hätte.

Dort drüben, an diesen Waschbottichen, dort werden dir als Rekrut die Schuhe schmackhaft gemacht. Dort musst du sie vorbehandeln. Dort wirst du mit Uniformstücken überhäuft. Dort wird dir das Gewehr überreicht. Siehst du? Da lob ich mir die Ballonhalle; sie erzählt von einer Zeit, als die Leute noch staunen konnten. Da waren die Ballone untergebracht. Für militärische Zwecke. Aufklärungsballone, Überwachungsballone, Transportballone, Sperrballone, je nach Windverhältnissen.

Jetzt fahren sie mit Lastwagen heraus. Vier Soldaten gehen hinüber in die Kantine.

Du kennst die Spunten, die du nur im Militärdienst aufsuchst. Die Sonnen, Militärgärten, Weissen Kreuze, Hirschen, Bären. Mit den Serviertöchtern, denen man tausendmal auf den Busen, auf die Beine blickt. Wo man müde eintritt, bereit zum Saufen, die schweren Hände auf die Tischplatte fallen lässt. Schuhcrème oder Gewehrfett unter den Fingernägeln. Die kratzenden, ungebügelten Hemden, der enge Uniformrock, Gürtel auf, weg, zusammengerollt in die rechte Tasche; die Jacke aufgeknöpft, die Krawatte lokker, das Hemd oben offen. Und was soll's sein? Bier! Ein grosses! Mir auch! Mir auch! Der erste Schluck, dieser lange, himmlische. Abstellen, Schweigesekunde, Rülpser. Danach, zögernd, Gespräche vom Tag, vom Arschloch, vom Blick, vom Wetter, von der Arbeit, vom Vögeln. Bald neues Bier. Bier muss her, her mit dem Bier! Der Hunger kommt. Kotelett mit pommes frites, pommes frites mit Kotelett. Ein feines Kotelett! Hm, ja, und erst der Salat! Wieder Bier. Eine Runde! Grosszügigkeit bricht aus. Die nächste bezahle ich! Jetzt die Witze. Vom Unterschied zwischen. Als einmal der Dällenbach Kari. Die Lieder. Es zog ein Regiment das Unterland daher. Mitrailleure du alleine. Dunkle Wälder, dunkle Matten. Ich bin ein Emmentaler. Danach die ersten Kotzereien. Abstützen. Wasser saufen. Umfallen. Noch einmal: Es gibt kein Bier auf Hawai. Endgültiger Zusammenbruch. Die Überlebenden sorgen für die Toten. Vielleicht ein Renitenter: Ich geh nicht zurück! Jetzt bleib ich hier! Komm, Schärlu, mach nicht das Kalb! Nichts! Ich bleib noch! Schärlu, mach nicht das Kalb! Mach uns keine Schereien. Darauf kommt auch Schärlu. Er will nicht, dass die andern seinetwegen Schereien haben. Vielleicht, zum Schluss noch, gerade beim Hinausgehen, ein ganz Kecker, der die Serviertochter verstohlen anfasst. Danach die Nacht, der Weg in die Massenlager.

Bei den Reithallen ist es leer, nichts. Doch! Da steht ein Geschniegelter in Reitstiefeln! Der hat sich, glaub ich, im Jahrzehnt geirrt, zumindest.

Über den Guisan-Platz. Wenn Krieg ist, muss ich mich am Guisan-Platz besammeln. Kurz bevor der Krieg ausbricht, erhalte ich das Aufgebot. Dann muss ich mich militärisch einkleiden, die schwarze Krawatte umbinden, denn hierzulande zieht man anständig in den Krieg. Ich muss das Gepäck erstellen, die Munition bei voraussichtlichen Schwierigkeiten ins Magazin abfüllen, Rucksack, Gewehr und Effektensack aufnehmen, dem alten Vater, der lieben Frau und den herzigen Kindern Adiö winken und unverzüglich Richtung Guisan-Platz gehen. Ich muss mich unterwegs vergewissern, dass ich nichts vergessen habe, weder das Dienstbüchlein noch die Erkennungsmarke, Grabstein genannt. Es könnte jetzt der Fall eintreten, dass meinem Befehl, den ich schriftlich in der Tasche habe, Hindernisse in den Weg gelegt werden. Feindliche Luftlandetruppen oder infiltrierte Agenten oder vielleicht sogar feindliche Tanks. Dann muss ich diese Hindernisse geschickt umgehen auf meinem Weg zum Guisan-Platz. Sollte sogar eine Atombombe gefallen oder Giftgas entwichen sein, dann weiss ich ja, wie ich mich zu verhalten habe: Sofort zu Boden, alles schützen, die Gasmaske überziehen, sich selber und die Ausrüstung in Plastik einwickeln, eventuell den Atomstaub abbürsten. Wenn es mich erwischt, dann sofort die Atropinspritze hervor und rein in den Oberschenkel. Dann weiter. Falls ich weiterhin behindert werde, darf ich ohne weiteres von meiner Waffe Gebrauch machen. Vierundzwanzig Schuss, genug, um ein paar Mal zu knallen. Bin ich dann schliesslich in Bern angekommen, und es lässt sich noch ausmachen, wo der Guisan-Platz ist, melde ich mich unverzüglich beim nächsten Vorgesetzten, falls es noch welche hat. Hat es zwar Vorgesetzte, doch reden sie ausländisch, haben wir den Krieg verloren.

Das ist nicht einfach, die Sache mit der Mobilmachung. Wenn sie gespielt wird, übungshalber, ist es schauderhaft. Blaues Licht, Geflüster, Taschenlampen unter Pferdedecken und überhaupt die Orientierung verloren.

Rotlicht. Soldaten stehen herum, die Hände in den Hosentaschen. Scheissige Erinnerungen. Arme Teufel. Das Herumstehen in den schweren Schuhen, die Hände in den tiefen Hosentaschen befühlen die Eier oder das Zigarettenpaket; die Achseln eingezogen, die Mütze schief auf dem Kopf oder vorne zwischen Bauch und Gürtel eingeklemmt zu Boden blicken, mit der Schuhspitze immer die gleichen Ecken und Kreise auf den Boden zeichnen, warten. Warten. Warten, dass die Zeit verstreicht, dass etwas geschieht. Ein paar verbrauchte Gespräche; irgend ein Witzbold tut sich kund, einer wird ausgelacht, weil er schon immer ausgelacht wurde: Sei es, weil er aus dem Emmental kommt, sei es, weil er Lehrer ist, sei es, weil seine Schwester bekannt ist.

Oder es könnte nieseln. Feuchte Zigaretten rauchen. Das Geld zählen. Die Biere zählen, im Geiste. Sich das Abendessen ausmalen. Der Leder- und Filzgeruch. Dann, von weitem, ein paar Supermänner-Offiziere, gecken herum, frisch gepudert und behandschuht. Bewegung kommt in die Leute. Los, kommt! Gehen wir! Machen wir den Umzug! Einstehen!, rufen die Unteroffiziere. Los! Kommt! Ist ja gut! Wir kommen ja! Die Soldaten sind gutmütig.

Jetzt an der stehenden Kolonne vorbei. Es ist grün. Geben wir Gas! Hinaus zum Wankdorf. Die Hose spannt noch unten am Sack. So, jetzt ist besser.

Eisstadion, der Berner Kulturpalast, der Bernerkultur-Palast. Die Rempeleien, Stösse und Püffe zahlen sich aus. Das haut hin, die Massen sind begeistert. Wenn die Berner gegen die Emmentaler antreten, wird sogar das nationale Fernsehprogramm umgestellt. Das ist noch lange nichts. Darunter die gewaltige Zivilschutzanlage. Erinnerst du dich? Die Zukunftsgläubigkeit, die Hörigkeit, die dich immer wieder verblüfft: die Vorstellung, dem Atomkrieg ein Schnippchen schlagen zu können, indem man möglichst viele Leute unter der Erde verbirgt. Diese durchdachte und reglementierte Zukunft mit Luftschleusen und Notstromgruppen und Operationssälen und was-weiss-ich.

Da wir von Kriegen verschont werden, haben wir auch nichts mit Kriegen zu tun; es gibt für uns keine Kriege. Folglich sind Kriege nicht unsere Angelegenheit. Wir können uns auf die Kriege vorbereiten, die wir haben wollen. Wir haben das Recht, uns unsere eigenen Kriege auszudenken. Unsere Kriege gehen niemanden etwas an. Wir suchen uns die Kriege aus, die für uns günstig verlaufen. Es wäre ja völlig absurd, sich auf einen unvorstellbaren Krieg vorbereiten zu wollen. Wir bereiten uns auf nach menschlichem Ermessen vorstellbare Kriege vor. Wir wollen keinen Krieg. Aber wenn schon, dann einen vorstellbaren. Weiter.

Eidgenössische Kaserne, modernisiert. Sechzig, nicht mehr als sechzig. Es eilt nicht, es ist verboten. Die Ballonhalle, leider ohne Ballone, die Ballonhalle, Queens, Vivi-Cola. Die grossen Scheinwerferbatterien des Fussballplatzes, du meine Güte, welch ein Aufwand! Das Kleinkrämerhäuschen mit den Antiquitäten. Der Allmend-Parkplatz: Jetzt haben sie ihn sogar geteert, den Mädchen zuliebe. Die grosse Parkfläche ist nur abends lebendig. In langsamer Fahrt umkreisen die Autos die Dirnen, deren lange Beine, silbrige Stiefel im Scheinwerferlicht aufblitzen. Sie sagen nur das eine: hundert im Zimmer. Oder: fünfzig im Auto. Die Preise sind stabil und einheitlich. Das Zuhälterkartell führt da eine straffe Hand. Es hat auch viele Gaffer dabei. Die streichen um die beleuchteten amerikanischen Luxusautos und reiben sich einen unter dem Mantel ab, in Gedanken bei der gepuderten Schönen im Slip, die auf der Leopardenimitation gelangweilt Kreuzworträtsel löst. Kommt einer, werden sie sachlich. Das Heft wird weggelegt, der Wagen gestartet, hinter die nächste

Böschung. Sitzlehne runter, Hose runter, Pariser drüber. Eine Sache von fünf Minuten, inklusive Hin- und Rücktransport.

Fussballplatz, Rugbyplatz, links das Wankdorf. Da wird gewonnen und verloren, da kann man noch von Krieg sprechen. Die Würste sind das beste. Ich habe meiner Lebtag noch nie so gute Schüblig gegessen wie auf dem Fussballplatz. Die sind saftig, knackig, aromatisch, köstlich, kann ich dir sagen. Zusammen mit dem Senf auf dem Kartonteller und dem schon etwas harten Brot, der Flasche Bier: ein Festessen.

Wie war's genau? Die Berner spielten gegen die Genfer. Natürlich verloren die Berner. Ich sprach mit meinem Freund nur noch französisch. In der Linken hielt ich Brot und Wurst, in der Rechten den Pappteller mit dem Senfklatsch und das Bier. Dazu immer von einem Bein aufs andere; es war kalt. Links und rechts die sauren Kommentare, die Berner seien nichts mehr wert, kein Saft mehr, weiche Bubis. Dabei spielte ein ehemaliger Klassenkamerad mit, und der war erwiesenermassen liebenswürdig.

Fussballstadion. Turnerstadion. Das ist eine gesunde Nation. Rotlicht. Schermenweg. Hinter uns ein ganz feiner Mann mit graumelierten Koteletten und piekfeinem Anzug. Links isst einer sein Frühstück im Auto. Auch dort: Hunde. Am Montagmorgen werden die Hunde spazierengeführt. Vor allem ärgert mich der Scheissdreck. Immer trete ich in Hundekot, auch wenn ich aufpasse. Wenn ich den linken Fuss vorsichtig zwischen zwei Hundeschisse abstelle, merke ich, dass der rechte schon in einem steht. Ich scheisse auch nicht einfach auf die Strasse, auf die Treppen, in die Garageneinfahrt, vor die Kaufhauseingänge. Dann ärgert es mich, dass man die Hunde nicht frisst. Im Gegenteil, man mästet sie ein ganzes Hundeleben lang mit teuren Konserven, nach denen die Mütter in Bangla Desh die

Finger strecken würden. Dann, nach vielen Streichel-, Wuschel- und Kuscheleinheiten, gehen sie ein, altersschwach, verfettet, zäh, bösartig und ungeniessbar. Tiere, die man nicht fressen kann. Weiter ärgert mich ihre Arglist, ihre Bösartigkeit, ihr Gehorsam. Ich sollte ständig eine geladene Pistole mit mir herumtragen und jeden Hund, der mich anbellt, auf der Stelle erschiessen. Die Hunde wissen, dass ich es nicht ertragen kann, wenn sie mich anbellen oder mich gar mit ihren kariesfreien Raubzähnen bedrohen. Zudem ärgern mich alle Hundefreunde, Hundeliebhaber. Dass ich nicht lache! Die sind doch alle irgendwie an der Mutterbrust zu kurz gekommen. Die sind doch pervers. Ihre krankhafte Zuneigung zu den Kläfferkötern! Und am schlimmsten sind natürlich diejenigen, welche den Hunden das Menschenjagen beibringen. Das ist das Abgefeimteste, das Feigste. Sollen die Polizisten doch selber den Verbrechern nachrennen und sie in den Arsch beissen!

Die Soldaten weisen Lastwagen ein. Musikkassetten. Jetzt machen sie schon Reklame auf den Lernfahrautos. Strassenverkehrsamt, kantonale Verwaltung heisst das, die haben eine eigene Ausfahrt. Ausfahrt nach Kantonale Verwaltung. Last Exit to Brooklyn. Über die Kreuzung. Garantie-Occasionen. Der neue Opel Record. Der Schlüssel zur guten Occasion. Überlegen. Pontiac Chevrolet Cadillac Oldsmobile. Autobahnpolizei. Alles ist voller Autos. Garantie-Occasionen kann man da haben. Waschanlage. Reparaturannahme. Wenigstens gehen sie kaputt. Ein Autostopper will nach Zürich und friert.

Autostop. Vorne auf dem Karton: Rom, Lausanne, Basel, Amsterdam. Hinten auf dem Karton: Arsch, Aff, Idiot.

Frieren. Warten, Nichts erwarten. Mike wartete hier 13 Stunden. Auf der Rückseite der Wegweiser an europäischen Wegkreuzungen: Hans Meier, Schaffhausen, Schweiz. Al Miller, Ohio, Ill. USA. Hakenkreuze. Hammer und Sichel. Peace. Victory. Abrüstung. Penisse. Nackte Frauen: Produkte der Langeweile. Oder die patenten Typen: Berlin–Rom in einem Tag. Amsterdam–Athen. Paris–Lissabon. Frankfurt–-Spitzbergen. Brüssel–Gstaad. Gstaad, da hat man sie rausgeworfen, bis es chic war, verlaust herumzuliegen, bis die tüchtigen Kinder der Bonzen das Gras in die Alpen brachten; jetzt aus dem Fremdenverkehr nicht mehr wegzudenken.

Bekanntschaften am Strassenbord. Woher? Bern. Und du? Kopenhagen. Ah! Hast du Shit? Klar. Der Joint kurvt zwischen Bern und Kopenhagen. Nikken. Anerkennung. Eigenbau. Vergessen die Verkehrsflut einen halben Meter daneben. Das Gepäck verstreut. Wohliges Strecken unter dem Schild Zürich/Basel/Biel im dünnen dürren Gras des Herbstes. Dann wieder die Polster, die frischen, die durchgesessenen, die stinkenden, die gebürsteten, die gestaubsaugerten der Opel und Ford und Volkswagen, der Mercedes und Fiat. Die Typen am Steuer schweigsam, gesprächig, jovial, vorwurfsvoll, aufdringlich, zutraulich, angeberisch, verhalten, heimtückisch, neugierig, witzig, witzlos, gelassen. Danach wieder die Wegkreuzung. Walter L. was here. Fuck! Shit! Peace! Freedom! Love!

Autophon. Mercedes Benz. Nach rechts abzweigen, Zürich/Basel/Biel. Einbiegen in die Autobahn. Also, ab auf die Autobahn. Die Kunst ist am Boden. Diese Autostopper wollen nach Basel. Zwei pittoreske Figuren. Was wollt ihr in Basel?

Als ich arm, doch froh, fremdes Land durchstrich,
Königsglanz mit deinen Bergen mass,
Thronenflitter bald ob dir vergass,
Wie war da der Bettler stolz auf dich!

Wir biegen in die Autobahn ein; jetzt sind wir drauf. So. Autobahn! Eine Bahn den Automobilen! Automobil-Fahrstrasse. Wir fahrn fahrn fahrn auf der Autobahn. Die deutsche Autobahn. Reichtsautobahn. Velorennbahn. Rollschuhbahn. Schlittelbahn. Eisbahn. Landebahn. Autobahnbauer sollte man sein. Quadratmeterpreis. Laufmeter. Laufkilometer. Wenn es keine Fahrzeuge mehr geben wird, werde ich, im Greisenalter, das gehamsterte Fass Super ausgraben, die Honda zurechtmachen und in der Rekordzeit von zwei Stunden zwölfkommafünf von Genf nach Romanshorn preschen. Lusitanische Korsaren werden sie zu benutzen wissen. Kirgisische Reiterscharen. Einige nehmen die Autobahn, andere den Feldweg. Sie sind auf dem Holzweg, Mister.

Das ist nicht übel. So. Gut. Aber jetzt schnell. Zurückschalten und einfahren. Ein Kamin mit unverhältnismässig viel Rauch.

Stell dir dich vor einem Kamin sitzend vor, worin ein munter Feuer brennt; du blickst in die Knisterflammen, die den Knackscheiten entlang züngeln, die Rauchfähnlein, die es unter die Hutze zieht und hochtreibt im Kaminschacht, die Duftwärme, die das Feuer ausbreitet, die von den angezogenen Schienbeinen zu den Knien hochzieht, die Arme wärmt, die sie umschlungen halten, und die Schultern, von dort unter die Halskrause sich kräuselt und schliesslich im breiten Gesicht sich vertut und verteilt. Die Hammelkeule, die in der Glut liegt, gut geknoblaucht und geolivenölt, den schweren Roten in den alten Trinkkelchen, die Zigeuner-, Mexikaner- oder Hillybilly-Musik aus zwei stereophonen Lautsprechern, das Gelächter und frohe Schulterklopfen der Freunde, das Rauchzeug, das, an sonnenbeschienenen Libanonhängen hochgepäppelt und sorgfältig verpackt auf geheimen Wegen dahin gefunden, deine Seele auf ein feuerrotes Sammetkissen zu legen. Die Gemütlichkeit, Gelassenheit, Freundlichkeit, Grosszügigkeit und die leise Neugier, die Einmaligkeit des Augenblicks, die Unvergänglichkeit des Augenblicks, die Unvergänglichkeit des Einmaligen, die freundlichen Gespräche, die sanften Belehrungen, das geduldige Zuhören, die Gleichgültigkeit, die nicht verletzt, die Vorstellungen von indianischen Welten und chinesischen Gesellschaften, dieses Verlangen nach der Friedlichkeit der Impressionisten, der Friedfertigkeit von Korallenfischchen, die Buntheit, Schönheit und Eleganz an sich, Kopfnicken, Lächeln, Kopfnicken, Lächeln, Kopfnicken, Lächeln.

So, jetzt sind wir auf der Autobahn, lassen uns ziehen, lassen uns ziehen. Und jetzt geht es hinaus. So, jetzt fahren wir. Jetzt fahren wir auf der Autobahn. SOS. Die orangen Notrufsäulen darfst du nur benutzen, wenn du in Seenot bist. Sowas Blödes. Die brauchst du, wenn du Hilfe brauchst. Hör mal: SOS heisst Save Our Ship, also Rettet unser Schiff. Bist du sicher? Warum stehen die dann an der Autobahn? Frag mich. Ah! Halt! Das heisst doch Save Our Souls, also Rettet unsere Seelen. Kannst du dir das vorstellen? Wenn du deine Seele gerettet haben willst, benutzest du dieses orange Telefon am Rande der Autobahn. Dafür ist es nie zu spät. Praktizierender Ablass. Wir sind in einem Land des gläubigen Christentums. Bist du sicher? Aber ja, schau dir doch nur all die Kirchen an! Mir ist aber noch nicht ganz klar: Wenn ich meine Seele gerettet haben will, telefoniere ich. Wer nimmt dann den Anruf ab? Der liebe Gott? Nein, die Autobahnpolizei. Ach! Und die soll meine Seele retten? Warum nicht? Die sind für alle Notfälle ausgebildet. Die wissen Bescheid. Wie machen die denn das? Ich weiss nicht. Wahrscheinlich haben sie so etwas wie einen Seelenretter bei sich. Da es sich ja nicht um Schiffe drehen kann. Warum? Eh, auf der Autobahn! Dann sollte doch stehen: SOC. SOC? Save Our Cars!

Hier sind die Kühnheiten der sechziger Jahre, als sie Autobahnen haben wollten wie in Chicago. Nicht Strassen, die bockig durch die Landschaft zockeln und den Verkehrsfluss behindern, nicht Häuser, wo die Grossmutter am Samstagmorgen um die Scheiterbeige herum wischt, nicht Brücklein, die für helvetisches Fussvolk konzipiert worden sind, nicht Dörfer, Siedlungen mit einem Anfang und einem Ende, wo der Schmied schmiedet und der Schreiner schreinert, der Kaminfeger die Kamine fegt und der Lehrer die Kinder ohrfeigt, dass es nur so klatscht; nicht Bauern, die die Kühe füttern und pflegen, wenn sie krank sind, die den Mist zöpfeln und sich jedes Jahr einmal auf dem Markt vom Billigen Jakob übers Ohr hauen lassen, indem sie für zwanzig Franken einen vornehmen, schwarzen Patent-Regenschirm, ein Paar garantierte Universal-Hosenträger und vier Tafeln feine Schweizer Milchschokolade kaufen; nicht Arbeiter, die mit dem Fahrrad zur Arbeit fahren und das Znüni hinten auf den Gepäckträger geklemmt haben, sondern kühn sein, Strassen durch die Luft bauen, auch Strassen, die gar keine sind, sondern nur Zuleitungen zu Strassen, Strassen auch da bauen, wo man sie nie vermuten würde, stolz sein auf das Nationalstrassenwerk, kühn sein, Häuser bauen, auf die die Bedürfnisse der Menschen zugeschnitten werden können, Siedlungen erfinden, die es seit Rulaman, dem Höhlenbewohnerkind, noch nie gegeben hat, forsch vorgehen, investieren, kaufen–verkaufen, verkaufen–kaufen, verdienen, verdienen, nach uns die Sintflut, froh sein, eine freie Marktwirtschaft mal wirklich zu erleben, ausnützen, ausnützen, das Land nicht mehr wiedererkennen, dynamisch sein, positiv denken, Managerkurs in den USA, Effizienzkurs in den USA, sensitivity-training in den USA, sales-manager, sales-training, sales-psychology, Verkaufs-Konzepte, Chicago, Switzerland. Switzerland for sale.

Von den USA lernen, kaufen–verkaufen. Man muss lernen zu sehen, was man alles kaufen und verkaufen kann. Man kann mehr kaufen und verkaufen als man denkt. Sonst verändert sich nichts. Man kann sein Haus mit Gewinn verkaufen, seine Seele, seine Frau, seine Kinder, sein Land, seine Ehre. Alles hat nichts als seinen Preis. Über Preise kann man diskutieren. Welch ein Glücksfall, in einem Land zu leben, wo man der Korruption nicht so sagt, sondern wo Korruption guter Geschmack, gute Umgangsformen, umgängliches Wesen und verständiges Kopfnicken heisst.

In den fünfziger Jahren die Ruinen der sechziger Jahre bauen. In den sechziger Jahren die Ruinen der siebziger Jahre bauen. In den siebziger Jahren die Ruinen der achtziger Jahre bauen. In den achtziger Jahren sich zurückziehen vom Aktiven, eine Villa auf den Bahamas kaufen, Golf spielen, Rosen züchten und arme Künstler unterstützen. Eingehen ins Verbrecheralbum der Nation. Dinge produzieren, die garantiert kaputt gehen. Und zwar genau nach drei Jahren. Einen Lehrstuhl für Kaputtmach-Technologie an der ETH schaffen. Die Erfahrung machen, dass man die Klagen des Volkes steuern kann. Wissen, dass, vom Käuflichkeitsgrad her gesehen, die Arbeiter am billigsten kommen. Sich retten, die Felle ans Trockene ziehen. Junior-Manager heiraten lassen. Herzliche Gratulation zur Vermählung von Wladimir Illitsch Lenin. Lachen. Lachen. Lustig sein. Der Rubel rollt für den Sieg!

Human sein, humanistische Bildung geniessen, humanistische Bildung vermitteln, Stil haben, die antiken Vokabeln büffeln, humorvoll sein, ein gütiges Herz zeigen, lächeln, smile to the camera! Lächeln. Im Lächeln untergehen. Land des gütigen Lächelns.

Da die Betonsilos, Betonmischmaschinen. Das ist Kunst. Kunst ist das. Eine Wahnsinnskombination von Silos und Mischtrommeln, kühn, kühn.

Ist das noch Kunst?, fragen empörte Bürger immer wieder. Müssen wir uns sowas gefallen lassen? Müssen wir uns ständig verhunzen lassen? Ist es richtig, wenn man uns mit unserem Geld zum Narren hält? Kann man stillschweigend zusehen, wie diese sogenannten Künstler unsere Werte in den Dreck ziehen? Kann man da die Hände ruhig im Schoss lassen? Ich frage Sie: Ist das noch Kunst? Ist das noch Kunst, bittesehr? Sehen Sie, Sie wissen auch keine Antwort darauf!

Und hier ein Salat von Strassen und Rampen und Eisenbahnen und Leitplanken und Laternen und Strassenlampen und Masten und Verkehrssignalen, Betonsilos, Betonmischtrommeln, Betonröhren, Betonleitungen, Abflussrohren, Entlüftungsschächten, Rauchkaminen, Leitungen, Behältern, Tonnen, Mulden, Schalterschränken, Wannen, Becken, gelb und orange, mit den grossen Aufschriften der Firma. Beton halte hundert Jahre, habe ich gehört, Beton halte nicht ewig, da komme der Wurm rein oder ein Pilz oder so etwas, das zerfresse, das zersetze, das löse auf. Stell dir vor: Ein Wolkenkratzer als Bauruine. Betreten strengstens verboten. Ein Abbruchobjekt für die freiwillige Feuerwehr. In Amerika sei es schon Brauch, klar. Da reissen sie, scheint's, schon die höchsten Wolkenkratzer ab. Stell dir vor, all den Beton abzubrechen. Die Kriegsschuldfrage wird so gelöst werden: der Verlierer muss den Beton wegräumen.

Arbeiter produzieren Beton. Arbeiter transportieren Beton. Arbeiter füllen die Landschaft mit Beton. Arbeiter bezahlen dafür mit viel Schweiss und viel Geld.

Wenn das nicht Kunst ist! Die Kunst des Übers-Ohr-Hauens, die Kunst des Geld-und-Schweiss-Ausreissens, die Kunst des Andere-für-sich-und-für-nichts-arbeiten-Lassens, die Kunst des Andere-für-dumm-Verkaufens, die Kunst des Von-der-Arbeit-anderer-reich-Werdens. Edle, gepflegte Künste. Stil. Ton. Schade, dass du das verboten haben willst. Damit würde die menschliche Geschichte und Geographie wiederum eines ihrer Safari-Reservate verlieren. Die letzten echten Kapitalisten! Die sind doch schützenswert. Überall auf der Welt hat man sie gejagt und gehetzt; man hat ihnen übel mitgespielt; man hat ihnen das Spielzeug weggenommen; man hat sie von der Mutterbrust gerissen; man hat sie frühkindlich geschlagen und gepiesackt; man hat ihnen dauernde Schäden versetzt: Lass sie doch wenigstens bei uns in Ruhe!

Die Luft ist schwer. Sie drückt auf meine Schultern. Ich muss die Lufthülle über meiner Heimat abstützen. Ich habe breite Schultern, schwere Hände und ein zerfurchtes Gesicht. Ich war Verdingbub. Jetzt bin ich seit zwanzig Jahren Pächter auf einem Hof, den ein Chemie-Aktionär aus Basel aus steuertechnischen Gründen gekauft hat. Ich beklage mich nicht. Ich möchte nur nicht, dass der Anschein aufkommt, die Lufthülle sei leicht. In Wirklichkeit ist sie schwer, ich habe es schon erwähnt. Massig lastet sie auf meinen Schultern. Sie lässt mir auch keine Verschnaufpause. Keine Minute kann ich mich aufrichten und die Schultern lockern, mich etwas frei bewegen. Nein. Aber ich klage nicht; ich weiss, es könnte schlimmer sein.

Man sieht beinahe schon ein wenig Land! Land in Sicht! Land! Das riecht. Das dampft. Das lebt. Das kann man begehen; man kann am Sonntagmorgen über Land gehen. Das kann man anschauen. Das kann man fühlen. Das Land ist auf deiner Seite. Es hilft dir. Es kann sich fotogen in den Sucher stellen, es kann Touristen anziehen, es kann dich zu Tränen rühren. Es kann dich glücklich machen. Du kannst es lieben. Nicht nur mögen. Lieben wir kein anderes! Du kannst die Schultern zucken ob so viel Rührseligkeit. Du kannst es besingen, bedichten, beschreiben, bebauen. Du kannst säen und ernten. Du kannst Purzelbäume schlagen darauf. Du kannst dich flach ausgestreckt hinlegen und die Wölbung der Erdkugel fühlen wie Frisch im Hotel. Du kannst gewürfelte Tücher darauf ausbreiten und die Sandwiches verteilen und rufen: Bethli, geh nicht zum Bach hinunter! Du kannst darauf herumspringen, auch da, wo steht: Privat. Besonders da. Du kannst über Zäune klettern, über Hecken, über Stacheldraht, und so den Privatbesitz Lügen strafen. Du kannst auch eine mächtige Drahtschere mitnehmen und alle Zäune, die deine Wanderung hemmen und nicht zu landwirtschaftlichen Zwecken aufgestellt wurden, aufschneiden.

Du schüttelst ungläubig den Kopf, wenn einer von weit weg dir zu erklären versucht, man könne auch das Meer lieben. Du spuckst vor dem auf den Boden, der behauptet, Land sein austauschbar, zu kaufen und zu verkaufen wie alles andere, auszuwechseln, beliebig, Heimat hier, Heimat da, was spielt es für eine Rolle.

Privatbesitz ist nicht der Ursprung, sondern die Perversion deiner Heimat.

Wir richten uns ein, eine bequeme Fahrhaltung.

Die Worbla, im Loch unten, das Worblental. Im Worblental, neben all den Maschinenfabriklein, die am Eingehen oder schon eingegangen sind, wohnten auch Hans und Thérèse. Erzähl, wie sie sich getroffen haben! Thérèse ist mit einem japanischen Hippy aus Frankreich gekommen. Schon am ersten Tag sind sie von der Polizei aus der Stadt gewiesen worden, weil sie auf dem Trottoir Malereien veranstaltet haben. Darauf sind sie in den Gurtenwald gegangen und haben sich dort in einer Baumschule geliebt. Danach ist der Japaner weg und Thérèse in die Stadt zurück. Auf der Münsterplattform hat sie sich auf eine Bank gesetzt und ist innert einer Stunde von sechs verschiedenen Männern zum Vögeln eingeladen worden. Später hat sie in einer kleinen Kammer in der Postgasse gewohnt. Eines Tages hat sie oben aus dem Fenster geschaut, als Hans, der Chemiestudent, unten vorbeiging. Und zum Kohl hat sie gewunken und Allô! Allô! gerufen. Sie sprach nur französisch. Hans hat rechtsumkehrt gemacht und ist sechs Treppen in einem fremden Haus hochgestiegen und hat auf Anhieb die richtige Tür geöffnet. Sie haben ein Kind bekommen, das seiner korsischen Mutter sehr glich. Später haben sie sich hier unten im Worblental niedergelassen, in einem alten Haus mit einem riesigen, gewölbten Keller. Mir hat sie einmal gesagt, sie sei jetzt eben wieder schwanger gewesen, aber sie ziehe es vor, nach Kanada auszuwandern.

Riesige elektrische Leitungen. Ein Wald von Masten, aber man sieht schon ein wenig hindurch. Denken, denken. Nachdenken. Wenn sie lernen, dann lernen sie zu denken, und wenn sie denken, dann fragen sie, und wenn sie fragen, hinterfragen sie. Hinterfragen tut nicht gut. Fragt sich für wen. Aber man pflegt doch zu sagen: Er ist so ins Hinterfragen gekommen, dass man ihn versorgen musste. Leute, die hinterfragen, sind unheimlich. Alle bestätigen dir: Denk nicht! Du brauchst nicht zu denken! Überlass das Denken andern. Denken ist ungesund. Denken macht Kopfweh. Neulich kam ich gerade zu meinem Auto, als ein Polizist dabei war, mir einen Bussenzettel zu schreiben. Er blickte mich streng an und fragte: Ist das Ihr Wagen? Ich bejahte.

Dann wollte er die Papiere sehen. Ich zeigte sie ihm; er prüfte sie misstrauisch. Er fragte: Warum haben Sie hier parkiert? Ich wollte sagen: Ich dachte mir, wegen drei Minuten merkt's niemand. Ich konnte aber nur sagen: Ich dachte ... Er unterbrach mich und sagte: Sie müssen nicht denken! Ich antwortete: Das ist richtig! Ich sollte nicht denken! Ich denke sowieso schon zuviel. Und überdies macht mich das Denken krank! Da hat er mir grosszügigerweise die Busse erlassen. Siehst du? Du wirst belohnt, wenn du nicht denkst, und bestraft, wenn du es tust. So ist das. Den Spruch: Du musst nicht denken! hört man zuerst vom Lehrer, dann vom Offizier und schliesslich vom Polizisten. Man muss das ernst nehmen. Ich denke, das ist ernst gemeint. Wenn die Untertanen denken, dann kommt's nicht gut. Erstens können sie nicht und zweitens sollen sie nicht.

Woran denkst du? Ein Arsch. Ein Schoss. Zwei grosse Brüste. Nein, nicht so früh am Morgen!

Wer kann noch solch grossartige Dächer bauen wie die dort drüben? Das Wunderhaus, das im falschen Jahrhundert steht. Niemand baut mehr solche Dächer. Die Dächer von Bern. Die Dächer von Zürich. Die Dächer von Basel. Du musst zugeben, es gibt nirgends so schöne Dächer wie hier. Nirgends. Ich kenne das. Mir kann keiner so leicht was vormachen. Aber schau doch. Du bluffst mit Dingen, die es nicht mehr gibt. Und wenn es sie noch gibt, dann nur zufällig, weil der Trax noch nicht darüber ist. Heutzutage bauen sie hier doch dieselben Scheissdächer wie in Basel oder Helsinki oder Los Angeles oder wo-weiss-ich. Die Dächer, auf die du stolz bist, brechen ein. Fallen in sich zusammen. Bauernhäuser brennen ab, fallen ein, werden abgerissen und machen Tankstellen, Einkaufszentren, Kirchen, Parkplätzen, Tennisplätzen und Kinderspielplätzen platz. Was heulst du mir da von Dächern ins

Ohr! Du machst mich fertig mit deinen Dächern! Such doch meinetwegen die Blaue Blume oder sonst was Realistisches! Das Michelsgut: Heute Kirche, Migros und Parkplatz. Das Gfellergut: Heute eine grosse Strassenkreuzung mit guter Beleuchtung. Das Hofergut: Heute eine Brücke und eine Unterführung. Die eine Strasse führt über die Brücke, die andere geht unten durch, nur damit sie sich nicht kreuzen. Das Brünnengut: Da wird Autobahn sein. Das Bürkigut: Da sind Blöcke, wo die Kinder ebensowenig dürfen wie die Erwachsenen. Das Fellergut: Jetzt eine urbanistische Apokalypse. Das Martigut: Ein Parkplatz mit Parkverbot. Das Brachergut: Eine Autogarage, die schon den Betrieb eingestellt hat.

Dort ist wahrhaftig eine Matte, eine echte Original-Matte. Erinnerst du dich, wie Marthe Locher auf jener Matte herumlief, an jenem Sonntagmorgen? Im Nachthemd. Richtig. Sie ist früh aufgestanden und hat vom Fenster aus den frühen, lichten, frischen Sommermorgen empfunden. So ist sie aus dem Fenster gestiegen und durchs hüfthohe, taunasse Gras gestrichen, spiralförmig ums Haus, sich ständig entfernend. Als sie zurückkam – wir waren inzwischen auch aufgestanden –, war sie klitschnass und hat grosse Augen gemacht. Das muss für sie eine wunderbare Erfahrung gewesen sein.

Rechts der Kappelisacker: Die ganze Schule musste hin; es gab einen freien Nachmittag. Das war immerhin etwas. Alte Kleider, alte Schuhe waren vorgeschrieben. Der Bauer fuhr mit seiner Maschine eine Furche ab, und die frischen Kartoffeln lagen hellbraun verstreut auf der warmen, dunklen Erde. Die Kinderreihe musste sich heranmachen und die Körbe schnell füllen, bevor die Maschine wieder durchkam und die nächste Furche ausbreitete. So arbeitete sich die Schar von der Seite her durch das Feld; die warme, klebrige

Erde füllte Schuhe und Strümpfe, die Hosenbeine und der Hosenboden schmutzklamm, die Hände, Arme und Gesichter bald mit Erde verschmiert. Der Bauer pflegte aufgeregt zu sein; das war sein Tag, seine Ernte, sein Feld, seine Brut. Er sparte nicht mit groben Schimpfereien, brüllte von der Maschine herab die Mädchen an, sie seien blöde Tröpfe, hiess die Buben zwischen zwei Ohrfeigen verdammte Nichtsnutze. Dann brachte die Bäuerin das Zvieri in zwei riesigen Henkelkörben: Sauren Most, groben Käse, helles Bauernbrot. Die ganze Kinderschar sass am Rande des Feldes und frass, dass es nur so mampfte. Der Herr Lehrer erhielt sein Gläschen Schnaps und beredete mit dem Bauern Dinge, von denen er keine Ahnung hatte. Doch der Bauer konnte sich seinerseits nicht vorstellen, dass man von dem, was ihn bewegt, nichts verstehen kann. Weiter! Da wurde nicht lange geschäckert. In die lockere Erde hineinstampfen, sich bücken, bükken, trotz der Rückenschmerzen und der Arme, die man kaum mehr spürte, bevor die ersten Abendnebel über den Feldern aufzogen.

Die weiss-orangen Markierungen einer Baustelle. Da vorne scheint die Sonne in die Nebelschwaden. Hundert. Nicht mehr als hundert. Mit den Fingerkuppen den Schnurrbart ein wenig zurechtkämmen. So, jetzt können wir diesen Waadtländer überholen. Und vorbei. Jetzt lassen wir es ziehen. Ich sitze im Sitz wie in einem bequemen Fauteuil. Das Steuerrad nur mit zwei Fingern. Die andere Hand auf dem Polster. Die Augen nehmen die Farben auf, die verschiedenen Abstufungen von Grün. Tau liegt auf dem Gras. Diese Weiden sind **Augenweiden**. Sie wälzen sich wollüstig durch die Landschaft, wallen und wogen, buckeln und knikken, weiten sich aus und engen sich ein, spreizen und würgen, kurven und ecken, in hellgrün und dunkelgrün, erdgrün und plastikgrün, vollgrün und lichtgrün.

Mit Spuren und Stoppeln, Furchen und Geleisen, Mauselöchern und Katzensprüngen, Vogelnestern und Fussabdrücken, Jauche- und Phosphorspuren, Viehspuren und -rückständen. Mampfgras und Scheisspflatsch. Mampfpflatsch.Mampfpflatschweiden zum Beweiden. Weide-Weiden. Im 9. Jahrhundert vom Wald abgetrotzt. Dann tausend Jahre Kühe, im Wechsel mit dürftigem Spelzzeug für scheussliche Grütze, später Kartoffeln, später richtiger Weizer, Gerste, Roggen, Hafer, dann Zuckerrüben, Runkelrüben, Mais, Futtermais, Hackfrüchte. Dazwischen immer wieder Kühe. Die haben dem Land das Aussehen gegeben.

Der Himmel und die Grenze zwischen Himmel und Erde.

Sie fahren wie die Affen. Sie müssen weg, nach Zürich 118 oder Basel 89 Kilometer. Koste es, was es wolle. Todesverachtung. Mit Todesverachtung.

Ein Bunker da. Die Rekruten mussten das Bunkerbauen üben. Ein Unterstand, wie er im Büchlein steht. Ich weiss, was den Rekruten gesagt wurde: Nämlich: Ihr sitzt jetzt im Unterstand. Die Waffe fest in der Hand. Der Morgen graut. Beim Morgengrauen wird angegriffen. Wie immer. Die Vögel beginnen zu zwitschern. Plötzlich dort oben am Waldrand der erste feindliche Panzer! PAAANZEEER! Zu weit entfernt, um ihn mit euren Waffen zu vernichten! Jetzt kommt der feindliche Feuerschlag! Aus allen Rohren! Ihr da, im sicher gebauten Unterstand – ihr habt ihn ja selbst gebaut – es ist also in eurem eigenen Interesse – ihr haltet euch still. Kein Weglaufen in den sicheren Tod. Warten. WAAARTEEEN! Jetzt kommen sie herangerollt, in die Reichweite eurer Waffen. Nicht die Nerven verlieren! Jetzt sind sie da. Jetzt aber drauf! Jetzt ist der feindliche Panzerangriff gestoppt. Diesem Nahkampf war er nicht gewachsen. Seht ihr, so kann man auch mit unterlegenen Waffen einen überlegenen Feind besiegen.

Jetzt ist der Himmel ein wenig weiter geworden; er ist aufgegangen. Er ist hinaufgegangen, hinauf zum Grauholz! Ja, Zürich. Geh nach Zürich! Mit deinem Caravan in die Ferien, nach Interlaken oder nach Rom!

Camping und Caravaning. Die Ferien in den Ferien wie zuhause verbringen. Mit Rechaud, Polstergruppe, WC, Waschmaschine, Ehebett, modern eingerichteter Küche und dem Fernsehprogramm jeden Abend: Einer wird gewinnen, XY, Spiel ohne Grenzen, Talk Show mit Bibi Gaga, Medizin für dich, Ein Herz für Hunde, Edelweiss und Güldenkraut, Pepsodent und der europäische Lügenbaron. Mit Geschnetzeltem nach Zürcherart und Rösti aus der Dose, Zunge an Madeirasauce und Bohnen aus der Dose, mit Tripes milanaises aus der Dose, mit Sauerkraut und Würstel aus der Dose, mit Pot-au-feu aus der Dose, mit Huhn und pommes frites tiefgefroren, Curryreis mit Ananas tiefgefroren, und Desserts verschiedener Art aus der Dose und tiefgefroren. Dazu eine Flasche Bier zum Znacht, oder, wenn's romantisch zu und her geht, eine Flasche Côtes du Rhône vom letzten Jahr. Jassen oder Monopoly, Eile mit Weile, Sexgefummel in der Liebeslaube, für einmal. Am Morgen aufstehen, eingepfercht zwischen all den anderen wilden Ferien-Herumirrern. Müde Gesichter in Interlaken und Arosa, Bad Gastein und Aosta, Martigny, Olten und Umgebung.

Das Umrechnen. Soviel macht soviel, Lire in Franken, teurer als zu Hause, billiger als zu Hause, Franken in Francs, Peseten in Lire, Mark in Gulden. Pass und Karten, Ausweis und Mitgliederausweis, Kreditkarte, Scheckbuch, Quittung, Papiere, Genehmigung, Grüne Karte, Grauer Ausweis und Rotes Blatt.

Dort, einer mit der Jaucheleitung. Er begiesst den

ganzen Hang. Sie ist schwarz? Gibt es schwarze Jauche? Das ist doch nicht möglich! Tragt Sorge zu eurer Jauche! Die Steigung hoch, Grauholz 400 Meter. Heutzutage kann man dort essen und tanken. Möwen. Die neuesten Siedlungsstrukturen, die gehen immer der Autobahn nach. ESSO ist jetzt zuhause auf dem Grauholz. ESSO hat das Grauholz erobert. Internationale Rastplatzatmosphäre, grosszügig gebaut, flottes Tanksäulendéfilée, internationale Kitscharchitektur, Verbrechen am Auge, aber funktionell, in zweihundert Jahren die Architekturgeschichte der Autobahnraststätten mit den völkerverbindenden Charakterlosigkeiten schreiben, oftmals plumpe, völlig verfehlte Anbiederung an Lokalkolorit. Das internationale Tankeinerlei der Ölmultis, die die Welt beherrschen, der internationale Einheitsfrass auf braunen, holzimitierenden Plastiktabletts, steak & salad, chicken & pommes frites, hot-dog, Hamburgers und doppelte, Coca-Cola, Orangensaft, pardon, Juice. Die internationalen Kassenfräuleins, die gelangweilt Heimatromane durchblättern oder Kreuzworträtsel lösen oder die Fingernägel feilen vor und nach einem gelangweilten Eintippen der Bestellung. Sie brauchen den Betrag gar nicht mehr zu nennen; er leuchtet von selbst auf: Digitalanzeige vor der Nase des Kunden. Schnell noch durch den Shop geschleust, an all den Geschmacklosigkeiten vorbei, Pin-ups, Edelporno, Rennwagenheftchen, Wahre Geschichten aus Deutschlands Monopolverlagen, Souvenirs, wie sie an allen Autobahnen Europas zu kaufen sind, Bonbonkaskaden, umfangreiches Verpackungsmaterial für all das unnütze Zeug in gelb und rosa und hellgrün.

Dieser Schiessstand dort hinten. Immer noch Zürich/Basel/Biel. Schiessen, schiessen am Sonntagmorgen, Schützenverein, Feldschützen, Arbeiterschützen, das Programm umfasst vierundzwanzig Schuss auf A- und B-Scheiben, liegend, mal Einzelfeuer, mal Schnellfeuer, eine schiessende Nation. Im allgemeinen wird gut gezielt und gut getroffen. Man nimmt es ernst mit der Schiesserei. Wir haben nicht mehr neunundsechzig, als die Rekruten die Ausbildner zur Verzweiflung brachten mit Fragen wie: Muss ich mir da jetzt einen Russen denken? Ist das, worauf ich schiessen muss, eine Scheibe an sich? Oder eine symbolhafte Darstellung eines Menschen? Muss ich da drauf schiessen? Darf ich nicht in die Luft schiessen, zur blossen **Abschreckung des Gegners? Ist das, was ich da tue, wenn ich schiesse, ein fiktiver Mord?**

Nein, heute rauft sich kein Leutnant mehr die Haare, verflucht den Tag, an dem er zum Vorgesetzten gemacht wurde, und ruft, fleht, bittet, die Scheibe doch um Gotteswillen als das anzusehen, was sie ist, nämlich ein quadratischer Pappkarton, den man mit dem Schiessgewehr treffen muss. Nein, heute wird psychologisch und wieder gezielt geschossen. Schon die Schulkinder werden angespornt, man hängt ihnen schwere Gewehre um und macht sie scharf auf das Geknalle.

Das verblüffendste sind die obligatorischen Übungen, wo man all die Männer beobachtet, die auch schiessen kommen müssen, aus dem warmen Sonntagmorgenbett heraus, von den weichen Schenkeln der Frau weg, und die, wie du, herumschauen und sich überlegen, wie denn der Schiessprügel nun schon wieder funktioniert. Wie sie dann, nach dem ersten Fettschuss, sich ärgern, sich ins Zeug legen, sich nicht blamieren wollen, treffen wollen, trotzdem, trotz allem, immerhin. Und all die Insider in ihren komischen Gewändern, mit ihren komischen Hüten und Brillen, die sich auf das Ritual vorbereien, mit den Kugeln Gespräche führen, ihnen gut zureden und jeden Schuss gehen sehen, wissen, wo er hingegangen ist, bevor ihnen der Treffer angezeigt wird.

Da oben im Wald hängen schon die tiefsten Wolken. Haben wir dort oben nicht Pilze gesucht? Letzten Herbst? Möglich. Im dunklen Unterholz, in den weiten Fluren, an den unwegsamen Waldrändern, im knöcheltiefen Raschellaub, bei nebligem, auf jeden Fall feuchtem Wetter, vielleicht sogar bei leichtem Nieselregen. All die Steinpilze und Boviste und Grossen Schirmlinge und Ritterlinge. Die, welche was vom Fliegenpilz zu erzählen wissen. Du wolltest erst nichts glauben, weil im Büchlein einfach giftig steht. Das knackige Holz, die Zweige und die Prügel unter den schweren Schuhen. Die Militärschuhe. Dazu sind sie nützlich. Aussen bist du nass, Tau legt sich auf Kragen und Schnauz, innen bist du warm vom Gehen. Die Zweige schlagen dir ins Gesicht, du greifst versehentlich an Brombeerausleger und pickst dir dann verärgert die Dornen aus dem Handballen. Die feuchten Zigaretten, hinter der Hand angezündet. Das Bier später, in der Beiz, der Tee Rum oder der Kaffee fertig. Der gefüllte Korb neben dir auf der Bank, die Fundsachen sorgfältig mit einem Leinentüchlein zugedeckt. Wie das duftet! Mein Gott, wie das duftet! Der Wirt, der fragt: So, hat's was gegeben? Und deine abschätzige Miene: Hm, so das übliche.

Oder: wie du das Küchenmesser ein Jahr danach wieder gefunden hast, weil du beim Pilzesammeln immer die genau gleiche Tour machst. Noch besser ist die Geschichte vom Benz Salvisberg, einem begnadeten Pilzsammler: Sieht er schon von weitem etwas Rotes leuchten im Laub, geht hin, hebt es hoch: Ein Schweizerpass, durchnässt und aufgelöst. Denkt er sich: Der Besitzer steht ja drin, und öffnet ihn: Sein eigener Pass, den er beim Pilzesuchen vor Jahren verloren hat.

Ein Feldmauser, gibt es das noch! Einer, der mausen geht.

Dort eine Original-Kuh, jawohl. Die blaue Kuh von der Reklame für Alpenmilchschokolade. Steht eine blaue Kuh auf der Alpweide und grast. Die Schweizer Kühe sind heilig. Wehe, wer behauptet, die ausländischen Kühe seien besser! Die absolute Blasphemie ist es zu behaupten, die Milch schmecke anderswo besser als in der Schweiz! Katastrophe für den, der zu sagen wagt, der Käse, der hierzulande produziert wird, sei kaum geniessbar, verglichen mit den deliziösen Sachen, die man in Frankreich vorgesetzt bekommt. Denn dies ist das Geheimnis: Der Motor des schweizerischen Eigenlebens war nicht die Freiheit oder so etwas Intellektuelles, sondern das war die Sorge um die Kühe. Ganze Historikerscharen werden sich auf die Frage stürzen: Inwieweit haben die Bedürfnisse der Viehzucht, des Viehhandels und des Viehdiebstahls den Verlauf der historischen Ereignisse des Hoch- und Spätmittelalters bestimmt? Also, deshalb sind die Kühe heilig. Heiliger als die Freiheit jedenfalls. Deshalb waren so viele Leute empört, als Luginbühls Schlachthausfilm gezeigt wurde, empörter als bei Filmen über die Verletzung der Menschenrechte. Sowas Grausiges! Sowas Hässliches! Vor allen Leuten! Und: Die Künstler von heute die können nur noch Gültiges niederreissen und verhunzen jawohl das können sie aber das ist auch alles immer nur niederreissen sollen die doch auch mal was machen das Hand und Fuss hat aber nein die Herren Künstler können nur alles in den Dreck ziehen jawohl das können sie!

Am Autobahnrestaurant vorbei. Dort die Strassen, durch die man hinüberging im Eilmarsch, nach Ostermundigen, um sich abzuhärten für den Kriegsfall. So, jetzt fahren wir auf den höchsten Punkt des

Grauholz, unter der Brücke durch. Mächtiger Berufsverkehr. Fahren. Fahren als Arbeit. Im Akkord. Je schneller, desto besser. Schnellfahren. Lange fahren. Sich Pausen von der Zeit absparen. Arbeitsbestimmungen für Berufschauffeure wie Dreck behandeln, sich wie Dreck behandeln lassen, Pillen fressen, dass man nicht einschläft am Steuer bei hundert, und die vierzig Tonnen nicht selbständig werden. Pillen fressen aus Basel, von Hamburg bis Lugano an einem Riemen, von Rotterdam nach Chur an einem Stück, Bleifuss, durchdrücken, mit dem Oberkörper dazu in rhythmischen Vor- und Rückwärtsbewegungen nachhelfen, fahren, fahren, Kilometerzahl mal Zeit, Kilometer pro Stunde, Stunden pro Kilometer, Diesel pro Kilometer, Diesel pro Stunde, rechnen während des Fahrens, nur nicht langsamer werden, ja nicht anhalten, immer im Schuss bleiben. Wie der, der dich als Autostopper mitgenommen hat, der dich bittet, den Fuss aufs Gas zu stellen, die Fahrertür öffnet, aufs Trittbrett hinuntersteigt, die eine Hand am Lenkrad, die andere am Hosenladen: Das ist seine Art zu pissen, bei hundert, seine Pisse ist es ihm nicht wert, die Fahrt zu unterbrechen. Oder derjenige, der einschläft und seinen tonnenschweren Riesenlastzug in der Nacht, es ist Nacht, alles schläft, auch der Beifahrer, auch der Fahrer, der seinen Riesenlastzug in eine Baustelle hineinfetzen lässt, dass es nur so kracht und splittert, dann den Kopf hinausstreckt und sich wundert, dass da eine Baustelle ist, nachschauen geht, ob noch alles am Zug dran ist, es ist, dann vorsichtig rückwärts aus dem Sandhaufen fährt, in dem der Lastzug steckengeblieben ist, danach die Trümmer der Abschrankung behelfsmässig wieder aufstellt und weiterfährt, immer weiter, immer weiter, macht nichts.

Die Fahrbahn wie ein graues Band. Mein Auto saugt sie auf. Der Eindruck verstärkt sich, wenn ich mich nach vorne neige. Im Rückspiegel verfolge ich diejenigen, die sich im Rückspiegel nähern, schliesslich aus dem Rückspiegel heraus links neben mir auftauchen und an mir vorbeifahren. Es eilt! Es eilt! Schnell! Schnell! Vorwärts! Keine Lücke bilden! Keinen Abstand lassen! Nicht schwatzen! Nicht denken! Marschieren! Marschieren! Schnell! Schnell! Laufschritt! Immer gleichmassig! Nicht nachlassen! Nicht zurückblicken! Sich dem Vordermann an den Rücken heften! Aufschliessen! Laufschritt! Es eilt! Ich schwöre, himmelgottverdammt, gottverdammich, wenn ich je einmal, himmelsauscheisse, sollte je einmal, gottverdammt, wenn ich je wieder, gottverdammtnocheinmal, himmelarschscheisse. Ein Schiff wird kommen, mit fünfzig Kanonen.

Die Abzweigung nach Biel/Bienne oder auch Schönbühl, wahlweise. Nach Zürich/Basel geht's geradeaus, nach Biel/Bienne muss man rechts ab, aber erst nach tausend Metern. Ich will weder nach Zürich noch nach Basel. In Zürich, da tragen sie Amerikanerhemden, haben Haare auf den braunen Armen, goldene Uhren mit Digitalanzeige und zwei bis drei Goldzähne. In Basel, da machen alle diese versoffen-witzigen Gesichter, sind überhaupt alle witzig, Witzlinge. In Zürich, da verdienen sie Geld, aber es kostet auch alles mehr, doch das wollen sie nicht merken, Hauptsache, sie verdienen am meisten, und das sagen sie auch immer, zeigen es, wollen, dass man es sieht. In Basel, da haben alle einen Tick, irgend einen, man findet ihn schon heraus im Laufe der Zeit, denn da sind sie so gesprächig, nimmt mich wunder, wie die so gesprächig sein können. Zürich, das schwimmt auf Gold, zusammengestohlen in der ganzen Welt; man ist noch stolz darauf und wird nicht rot. Basel ist eine Art Feudalbereich, der von den Herren von Ciba-Geigy, von Sandoz und von Hoffmann-La Roche regiert wird, mit all ihren Vasallen, zum Ruhme und zum Nutzen dieser Herrscherhäuser und ihres Hofstaates; man ist noch stolz darauf und wird nicht rot.

Tagelöhnerhütten; das waren keine richtigen Bauern mehr, das waren schon Armenbauern. Aber geh! Heute würde sich jeder die Finger lecken nach so einer Tagelöhnerhütte am Waldrand.

Grauholz, die Remonten. Warum mussten sie ausgerechnet da ihre Stallungen aufstellen, wo sie den Krieg verloren haben? Das Denkmal oben links. 1798 war's so: Sie hatten schon Mühe, die Leute zusammenzubringen, denn den Leuten war es nicht drum, sich für die Gnädigen Herren von Bern, denen es ja jetzt Gottseidank an den Kragen gehen sollte, von den Franzosen totschiessen zu lassen. Aus dem Emmental erreichte den wutschnaubenden Kriegsrat sogar der Brief einer ganzen Kompanie, die anfragte, worum es denn gehe, ob denn Krieg sei oder was. Immerhin liessen sich die Männer mehr oder weniger einschüchtern, warteten dann aber einfach auf die erste beste Gelegenheit, wieder zu verzischen. Dann kamen die Franzosen. Schreckerfüllt rannte das Volk davon, das Militär hintennach. Die Patrizier sahen immer schwärzer, mussten den Leuten den Gottswillen anhaben, doch noch eine Verteidigung aufzustellen und die Flinten nicht gleich beim ersten Gefecht wegzuwerfen. Die Franzosen kamen langsam, in aufgelösten Schützenreihen. Die Husaren waren scharf auf die Ausrüstungsgegenstände der bernischen Milizionäre, vor allem die schönen weissen Ledertaschen wollten sie haben, während die Soldaten meinten, ihr letztes Stündlein sei gekommen.

Bald wären die Franzosen doch noch wütend geworden, als ein verschreckter Metzgermeister vom Breitenrain einen Kanonenschuss abfeuerte, der zwei Husaren auf der Allmend traf, doch man konnte General Schauenburg beschwichtigen, indem man ihn in den Falken komplimentierte und ihm einen Hecht servierte. Inzwischen hatten die zersprengten und verwirrten bernischen Soldaten die Weinkeller der geflüchteten Herrschaften und Pfaffen geknackt und so die Gerechtigkeit etwas geradegebogen. Dann kam der revolutionäre Mut. Die flüchtenden Herrschaften mussten aussteigen aus ihren Kutschen; man beklaute sie ordentlich und bedrohte sie mit dem blanken Eisenzeug. Da nützte weder Französisch noch vornehmes R. Dem General von Erlach stiess man das Bajonett in den feisten Ranzen, nachdem man ihm die Pferde gestohlen hatte.

Für all dies das Grauholzdenkmal.

Blinker. Nach rechts abzweigen. Da die Kaserne Sand; dort sind die Remontendepots. Dieses eigenartige Wort ist bei den Leuten ganz gebräuchlich. Viele von ihnen haben da gearbeitet, oder ihre Väter oder Grossväter. Das sind die Pferde. Eine Armee ohne Pferde, das war bis vor kurzem noch etwas Undenkbares. So gab es eben die ganze Abteilung Pferde. Das Remontendepot, das war so etwas wie die Pferdekaserne, da wurden die Tiere militärisch erzogen. Fritz, Fritz, wie heisst er doch, der arbeitete da, erinnerst du dich? Der blinzelte mit listigen Äuglein und sagte: Eigentlich habe ich Maler gelernt, ich bin gelernter Maler. Aber im Krieg, gell – er meinte im Ersten Weltkrieg –, da stand man an der Grenze und verlochte die Grippetoten beigenweise. Dann der Streik, gell, da war ich halt in der Kiste, und dann das Politische. Ja, da wollte mich keiner mehr anstellen. Als wir die Kommunistische Partei in Bern gründeten, da hatte die ganze Partei auf einem Sofa Platz, jaja, auf einem Sofa. Erst Anfangs der dreissiger Jahre fand ich eine Anstellung, hier, beim Bund, in den Remontendepots, als Pferdewärter. Ja, ich. Ich verstand doch nichts von Pferden; ich hasste sie. Aber beim Staat angestellt zu sein, das war halt schon was. Aber da durfte man natürlich nichts sagen, das war klar, kein Streikrecht. Aber was haben wir geklebt! Was haben wir Plakate geklebt! Die Polizei war scharf auf uns, und als die Nazis aufkamen, da wurde es noch schlimmer. So, jetzt könnt ihr sehen, was die Schwaben mit den Bolschewisten machen, haben sie gehöhnt. Aber bei den Remonten, da war's halt immer sauber. Gut gearbeitet wurde schon, man war aufmerksam. Im Winter blieb man oft in den warmen Ställen. Einige haben es sogar vorgezogen, in den Ställen zu schlafen, um Brennholz zu sparen. Und nach Stalingrad, da haben wir etwas aufgeatmet, aber nur kurz, dann sind sie wieder auf uns los gekommen. Immer das gleiche!

Kaserne Sand, das aufgeschüttete Gelände, der aufgefüllte Sumpf. Das war Sumpf, das war alles Sumpf früher. Das Moos war ja kaum begehbar. Die Dörfer am Rand oder an höher gelegenen Stellen. Auch die Wege führten ursprünglich den Rand des Sumpfes entlang oder durch die Anhöhen.

Die taktische Inbezugnahme des Sumpfes anlässlich der Verteidigung Berns gegen die vorrückenden Truppen des napoleonischen Generals Schauenburg am 4. März 1798, nach dem Büchlein der Herren Officiers, war zwar gut gemeint, doch völlig nutzlos. Der Winter war lang und hart gewegen, und der Sumpf war noch steinhart gefroren, so dass er begehbar war. Und da er begehbar war, dachten die Berner, die noch nicht fortgelaufen waren, dass die Franzosen direkt über den Sumpf auf die Stellungen zukommen würden; sie selbst hätten es wenigstens so gemacht. Doch die Franzosen, etwas gewitzter und auch ganz einfach erfahrene Krieger, deshalb solider, sagten sich: Die Berner richten ihre Verteidigung auf der Anhöhe hinter dem Sumpf ein. Im Sommer mag das gehen, aber im Winter, so dachten sie, wird man die Begehbarkeit des Sumpfes auszunützen wissen. Also erwarteten sie einen Frontalangriff. Da hatten sie recht. Wir erwarten immer noch einen Frontalangriff. Und während wir, so dachten sie, von vorn ein bisschen tun als ob, umgehen wir den Sumpf, wie wenn er nicht begehbar wäre: Das können sie nie und nimmer erwarten. Und richtig. Schliesslich räumten die Franzosen die Stellungen von hinten links und hinten rechts auf, und fast erwischte es noch den alten Geiferpilz von einem Schultheissen, der wohl dachte, er müsse hier seine letzte grosse Schau abziehen. Fast hätte er sich die Flucht nach Österreich vermasselt.

Im Sand war man ja zwangsverpflichtet, zu einer Zeit, in der man es auch so empfand. Da durfte man anschreien, da durfte man verhöhnen, da durfte man fertig machen, da durfte man unsinniges Zeug befehlen, da durfte man erniedrigen, da durfte man lächerlich machen, da durfte man verdächtigen, da durfte man einsperren. Zurecht konnte man nach einer solchen Behandlung erwarten, willige Soldaten hervorgebracht zu haben, die von Häusern springen, auf alles schiessen, sich verstecken und tarnen, durch Hindernisse kriechen, einen Atomschlag überleben und lachen, wenn ein ungeschickter Schwächling was Falsches macht. Der neue Ehrenkodex, den man sich schnell angewöhnt, heisst: Denk nicht, mach alles, was man dir sagt, reklamier nicht, das kommt nicht gut, duck dich, fall nicht auf, werde gesichtslos, lass dich nicht fertig machen, sei stramm, wenn sie es verlangen, stell keine Fragen, Fragen gibt es keine, Fragen sind nicht geplant, lass deine Wut nur an garantiert Schwächeren aus und zähle: Zähle die Wochen, zähle die Tage, zähle die Stunden, zähle die Minuten, zähle die Sekunden, male dir, wenn du auf einem Baum sitzest und nach Feinden Ausschau hältst, ein sanftes Weib oder ein umfangreiches Essen aus, oder stell dir vor, wie es wäre, wenn du zurückschlagen könntest; denk an alles, nur nicht ans Militär.

Ich denke an: Walfische mit Gummistiefeln, Lampen mit eingebauten Fliegenröstern, Hüte mit Stahlfedern, Pillen mit Hammelfleisch-Geschmack, Pässe mit Reissverschluss, Fotoapparate, die nach innen fotografieren, Zahnstangenlenkungen und Schmierseifengetriebe, Sodaverbrennungsmotoren und Fliegenflügeldampfschiffe, Zick- und Zuck- und Zackelmesser, halbierte Monde und wattierte Sonnen, gefütterte Sterne und ausgefallene Planeten.

Die Ausfahrt. Schon hat's Gegenverkehr. Die Strassen werden so gebaut, wie die Autos fahren. Hier das Shoppyland, ah, das ist herrlich! Riesige Kraftwerke, riesige elektrische Masten, voller Kraft ist das alles.

Als ich fern dir war, o Helvetia!
Fasste manchmal mich ein tiefes Leid;
Doch wie kehrte schnell es sich in Freud,
Wenn ich einen deiner Söhne sah!

Kernige Kraft. In Kraftwerken wird Kraft gemacht. Die Energie-Kraft. Da rauschen die Wasser von den Bergen und machen die Eisenbahnen fahren, die Maschinen laufen, die Apparate surren. Aber das soll nicht mehr reichen, da soll eine Lücke kommen. Drum auf zum fröhlichen Sparen. Die weisse Kohle, lernte man in der Schule, dazu die Zeichnungen von schwindelerregenden Staumauern und kühnen Druckröhren, steil zu Tal mit Bleistift und Caran d'Ache. Da seien wir glücklich dran mit unserer Topografie, unabhängig von der Kohle, erzählte der Lehrer. Aber das alles stimmt nicht mehr. Uranzeug muss her. Die Pläne gibt es schon: Dutzendweise an Flüssen wie die Textilfabriken zu Beginn der industriellen Revolution.

Migros-Markt. Einheitlich für die ganze Schweiz. Schweizheitlich. Alles verkaufen, nach amerikanischem Konzept: Seife und Salate, Schuhe und Schweinswürste, Crèmeschnitten und Politik. Politik zum Kaufen. Käufliche Politik. Mal so mal so. In der Tat, man kann alles kaufen und verkaufen. Alles ist käuflich und verkäuflich. Alle Hausfrauen in der Schweiz kaufen DASDA in der MIGRA, wo denn sonst? Alles glückliche Migros-Familien. Ein glückliches Migros-Leben. Mit Migros glücklich leben. Dieses grosse M verkündet dir: Auch dieses Kaff ist ein Migros-Kaff. Wir sind Migros-versorgt, Migros-verseucht. Marketing Planing. Verkaufs-Konzepte. Strategie. Eine Anbauschlacht mit umgekehrten Vorzeichen. Eine Abbauschlacht. Dabei will Migros nur das beste. Das beste fürs Land. Ehrlich.

Marketing: Ein Wort, so hässlich wie Päderast, Euthanasie oder Goniometrie. Viele bunte Luftballons für die Kinder.

Mein Traum. Disney-Land. Die feiste Amerika-Touristin mit dem nie versiegenden Schwatzmaul hat uns ja vom Disney-Land erzählt, wie das rührend sei, und wie alle Besucher in nie endende Entzückungsrufe ausbrächen und echte Kullertränen weinten ob all dem Spektakel. Die Maxime laute: Nichts Echtes. Alles künstlich und gekünstelt in erstaunlich perfektem Mass. Echte Empfindungen werden künstlich hervorgerufen. Für ein bescheidenes Eintrittsgeld. Das Empfinden dienstbar machen; steuerbar und gesteuert ist es ja schon.

Die Empfindungsfähigkeit zu Diensten einer freien Marktwirtschaft gemacht von Heerscharen gewitzter Psychologen im Auftrag ihrer Auftragsgeber. Optische und akustische Signale steuern. Kaufkraft als Fleischwerdung der Käuflichkeit, ich sage ja gar nichts! Recht so. Die Bedürfnisse sind eh und je gemacht, gesteuert, geplant worden, sie brauchen sich gar nicht zu äussern. Wie könnten sie sich denn äussern? Wer wollte die Bedürfnisse äussern und definieren, wenn nicht die freie Marktwirtschaft? Freiheit und Abenteuer durch Zigarettenkonsum, der Duft der weiten Welt via Achselspray, die prickelnde Frische tropischer Wasserfälle mittels Badeseife oder Sprudelwasser, Stil und Eleganz durch Büstenhalter und arschbackenzusammenpressende Unterhosen, häusliches Glück mit einem universalen Zapfenzieherbüchsenöffner, fröhliche Kinder mittels eines Waschpulvers für alle Temperaturen und für zwischendurch.

Willst du andere Bedürfnisse formulieren? Behüt uns Gott nein! Andere Bedürfnisse darf man gar nicht formulieren, das würde gegen die Sicherheit dieser Gesellschaft verstossen; Bedürfnisse, die man nicht formulieren kann, existieren gar nicht. Man darf nur diejenigen Bedürfnisse ausdrücken, die sich in Franken und Rappen umrechnen lassen; das ist statthaft. Und nur solche, die man kaufen kann. Bedarf, den man nicht kaufen kann, ist keiner.

Was hast du nur für ein humanistisches Bild von der Wissenschaft? Die Zeit der Aufklärung ist schon längst vorbei. Die Wissenschaft dienstbar machen, das hat Hand und Fuss. Keine Zeit für spekulative Rückblicke. Intrigantisches Verhindern; du kennst doch die bernische Universität, und zwar von innen. Da wird nicht lang gefackelt mit der Utopie, der Spontaneität und der Kreativität. Da wird Wissen geschaffen zum Nutzen derjenigen, die die Wissenschaft steuern. Du musst das nicht absolut verstehen.

Ach, wenn du dich hören könntest.

Was würde Wissenschaft, die den ganzen schönen Umzug in Frage stellt, nützen? Das sagen sich die laufend. Also gilt es zu verhindern, dass Wissen geschaffen wird, das Sand ins Getriebe streut. Im Gegenteil: die Wissenschaft, die ölt und schmiert, wird gefördert und angetrieben. Lächerlich wird es erst, wenn die einen den andern Vorwürfe machen von wegen Wissenschaftlichkeit, wissenschaftlicher Qualität und Qualifikation und all dem Quatsch. Was sein soll, soll sein, und was nicht sein soll, soll nicht sein, du kannst wählen und zählen.

Schönbühl, Zollikofen, Mosseedorf, Alptraum und Gespött, Spekulantenurbanismus, geplant vom Geiz und von der Gier, vermasselt von imkompetenten politischen Behörden, ausgeführt von Geldsucht, Geldgier und Raffgier, auf dass wir schnell und viel verdienen, ohne dass es uns etwas angeht. Der Lebensqualität ist nicht nur unter die Röcke gegriffen worden; sie ist am Strassenbord hingelegt worden, und jeder ist drüber, jeder. Jeder hat sie genommen. Sie hat sich nicht beklagt, nur hat sie sich nicht mehr aufrappeln können.

Als Dörfer und Leute schon längst kaputt waren, taten sie immer noch, als seien sie auf dem Land, abgelegen und unberührt, gaben sich ländlich-folkloristisch, volldümmlich, wie Götti Fritz zu sagen pflegte. Sie misstrauten dem Lehrer, der einfach so war, gar nicht wie ein Lehrer, oder wie das dörfliche Lehrerdenkmal, folglich kein richtiger Lehrer. Ein Anarchist!, sagten sie. Welche Schande. Wie froh war man, als er ging, sang- und klanglos, der kleine Affe. Oft hat man sein Auto verschmieren müssen, bis er was gemerkt hat. Alle waren sie gegen ihn, man hat es gezeigt, man hat ihn gerügt, man wollte nichts gesagt haben, man wollte nichts zu tun haben. Ein Alptraum.

Möbel Pfister. Zum Parkieren fährt man aufs Dach hinauf. Schneckentürmchen hochfahren, auf dem Dach parkieren, eintauchen in den Trubel, von oben nach unten durchkämmen und laufend das Angebot mit der eigenen Nachfrage vergleichen. Du weisst, dass die Kataloge von Neckermann in den sozialistischen Ländern gefragt sind. Alles andere hiesse, die echten Bedürfnisse nicht erkennen. Die echten Bedürfnisse werden hier gedeckt, können hier gedeckt werden, täglich neu, lass es dir beweisen. Alles andere war früher puritanisches Pfaffengeschwätz und ist heute sozialistische Fehlprognose.

Das Shoppyland ist ein Wallfahrtsort. Kaufen ist hier eine sakrale Handlung. Die Kassiererinnen erteilen den Ablass. In der Imbissecke verdrücken wir noch einen Hamburger.

Von weitem siehst du es schon, du kommst in ein Nebelmeer hinein, in eine Nebelwand. Eine nebelreiche Region. Viele Leute mögen das nicht, besonders, wenn sie sich an die klaren Tage des Oberlandes erinnern. Ich jedoch mag den Nebel; die Landschaft wird viel intimer. Ich verbünde mich mit der Nebellandschaft. Dann gibt's nur mich und die Landschaft. Ich stelle mir vor, nach einem gewaltigen Krieg der letzte zu sein, der noch einmal seine Landschaft durchfährt. Die Strahleneinwirkungen haben das Tageslicht verdüstert und die Luft undurchsichtig gemacht. Schemenhaft erkenne ich die Konturen, die zerfallenen Gebäude; Fahrzeugruinen an den Strassenrändern, zerfetzte Baumgruppen. Der Krieg kam überraschend. Die Administration war in allgemeiner Hysterie und Panik untergegangen. Der erste Schlag war vernichtend. Die Leichen der Bewohner liegen in den Häusern, etliche aber auch vor den Ruinen; sogar auf der Fahrbahn vermodern und verfallen sie. Ich muss aufpassen, dass ich mit dem Fahrzeug nicht steckenbleibe.

Zum Teil ist die Strasse aufgerissen von den Druckwellen der Detonationen. Tierkadaver auf den Weiden, Brandruinen auf den Hügelkuppen. Totenstille. Dunkelheit in den Nischen der Landschaft. Das düstere Licht ist einheitlich und gleichmässig. Der Motor meines Fahrzeuges brummt; ich will zu Hause die Gasmaske abnehmen und sterben.

Die Wirklichkeit innen, wenn man das sagen könnte.

Die Neugierde hält dich in Trab. Neugierig sein, 'gwundrig' sein, wie man hier sagt; das ist eine flotte Sache. Die bewahrt dich vor dem Abstumpfen, ob du willst oder nicht. Du zeigst deine Neugierde zwar nicht wie ein Kind; aber du möchtest schon hinter die Dinge kommen. Hinter die Wirklichkeit kommen? Stimmt das? Nein, nicht unbedingt. Du möchtest einfach Bescheid wissen, Bescheid über eine kleine Ecke der Welt, wo du hingehörst. Du warst seit jeher misstrauisch gegen Steppenwolftypen. Die waren seit jeher unglaubwürdig für dich. Einer, den es herumtreibt. Das gibt's doch nicht. Das ist doch Theater. So unglaubwürdig wie Theater.

Die Weiden. Früher haben die Korber die Weiden geschnitten. Jetzt schneidet sie niemand mehr, höchstens noch die Autobahnarbeiter. Die Familienväter aus kinderreichen Familien, selbst kinderreich, ohne Berufsausbildung, da noch verdient werden musste, beim Bauern, auf dem Bau, in der Fabrik, ab sechzehn, kaum dem heimischen Habermus entwachsen. Später, im Gefolge sozialdemokratischer und gewerkschaftlicher Achtungserfolge in Staatsstellen hineingerutscht, gottlob, heute konfrontiert mit modernen Schnellstrassen, müssen Sträucher schneiden können, Bäume fällen, Gras mähen und Autobahnborde heuen, zupacken, weil es ihnen noch im Blut ist. Die wortkargen Biertrinker am Abend, die Fernseher, die Fussballkritiker, welche die spärlichen Haare noch immer nach hinten kämmen, und zwar mit Brillantine. Sie träumen von Kleintierhaltung, von Hundedressur, vom Fischen und vom Gemüsegarten, während sie daheim, in den Sozialwohnungen der Satellitenquartiere, in die man sie einsiedelte, nachdem man ihre Vorkriegshäuser in den angestammten Arbeiterquartieren rund um das Stadtzentrum abgebrochen hatte, ihre Frauen anöden, denen die Kinder weggelaufen sind und delinquieren bis zum Ford Mustang oder Pontiac; oder zweiter Bildungsweg bis zum Medizin- oder Theologiestudium.

Die Korbergeschichten in den Lesebüchern, Lumpenpackfolklore. Die Heimatschriftsteller der zwanziger Jahre, Gotthelfkinder, treue Seelen, bernische Kulturdenkmäler, Nickelbrillen- und Stehkragendichter mit der gepflegten Aussprache und der Verbundenheit mit dem Ländlichen, handliche Pädagogen, schüchterne Denker auf trockenen Böden. Erst wenn sie gestorben sind, kauft man ihnen etwas ab, und auch nur, was gerade passt. Wenn, was selten der Fall ist, nichts passt, vergisst man sie schnell, die, an welche man nie gedacht hat.

Die Schilderungen ländlicher Armut, die Waisenkindergeschichten, die Arme-Leute-Geschichten, die Alkoholikergeschichten, die Weihnachtsgeschichten. Die vergnügliche Vorstellung, wenn die bernischen Lumpenkinder des Arme-Leute-Landvolkes in der Schule mit schmutzigen Zeigefingern den Zeilen nachfahren, die von bernischen Lumpenkindern des Arme-Leute-Landvolkes erzählen, von den Löchern in den Strümpfen, mit Löchern in den Strümpfen, von den Flicken auf der Hose, mit Flicken auf der Hose, von den blaugefrorenen Fingern, mit blaugefrorenen Fingern, vom Weg zur Käserei mit der mickrigen Milchbrente, auf dem Weg zur Käserei mit der mickrigen Milchbrente, vom Hunger, mit Hunger, von den Schlägen des Vaters, des Lehrers, nach den Schlägen des Vaters, des Lehrers. Oder umgekehrt: die ganze Hosenflickeblauefingerschläge-Geschichte aus der feisten Warte der verwöhnten Cornflakes-, Micky-Maus- und Karate im ZDF-Kindersorte mit Beatlesfrisur und modischem Flickwerk-Gekleide aus den Frauenblättern ihrer gelangweilten Mütter.

Das Strandbad, eingefasst von Autostrasse und Autobahn.

Jetzt die Baustelle, im Anschluss an die Autobahn. Die grossen gelben Traxe, mächtig, die riesigen Stachelwalzen, mit welchen die Erdoberfläche zerhäkkelt und zerstampft wird. Asphaltiermaschine. Asphalttank. Asphalttankwagen. Die Arbeiter in gelben Regenschutzüberzügen. Die gelben Wegweiser. Wanderwege.

O du frohes Wandervolk durch Feld und Buchenhallen bald singend bald fröhlich still auf du froher Wandersmann jetzo kommt die Zeit heran. Ganze Sippen, die, wandermässig gekleidet, in Kniehosen, roten Strümpfen, geschmeidigen Wanderschuhen, blauen Windjacken und braunen Rucksäcken voll Piknick, dem Urbanismus entfliehend den gelben Wegweisern folgen, auf der Suche nach der verlorenen Heimat. Die Papierservietten, die Bierbüchsen und Pappbecher, die Grillspiesse auf Holzkohlenfeuer, und siehe da!: eine Esche, und was ist das für ein Busch? Ein Holunderbusch. Und hier war der Vater im Dienst und da durch sind wir auf der Velotour, und hier hat der Grossvater seinen Pflanzblätz gehabt, und hier haben wir die Eierschwämme gefunden letztes Jahr, und dort werden wir einkehren wie immer. Jetzt machen sie dort wieder so eine Überbauung, wo ist jetzt Brüggers Hof? Hier war der Unfall. Fränzu, renn nicht weg! Margrit, komm zurück! Lise, geh nicht ans Wasser! Halt dich still! Hör auf mit deinem Geklön! Wenn du brav bist, darfst du heute abend den Film sehen. Wenn ihr so weitermacht, schicke ich euch ohne Abendessen ins Bett! Nein, jetzt machen wir keine Pause, nein, jetzt essen wir kein Sandwich. Als wir jung waren, mussten wir auch immer zu Fuss gehen, da gab's kein Auto. Wir sind nicht gestorben, deswegen.

Da hat es noch ein paar Bäume und Hecken und Überbleibsel. Überreste einer anderen Landschaft. Diese Landschaft hat sich verändert, seit wir das letzte Mal hier waren. Ich ziehe die alte Landschaft vor, die es nicht mehr gibt. Noch ein paar Trümmer auf dem Schlachtfeld, verstreute Einzelheiten, die davon erzählen, dass es Zeiten gab, als man in dieser Landschaft noch lebte. Jetzt ist es eine Landschaft zum Durchfahren. Anhalten verboten, aussteigen verboten, parkieren verboten, sich umblicken verboten. Eine verbotene Landschaft. Niemandsland.

Die Landschaft den Bedürfnissen des modernen Lebens anpassen. Umgestalten. Wir können Berge versetzen. Eine Landschaft nach unserem Gusto. Wir verzichten auf die Landschaft. Landschaft bringt nichts ein. Sich die Welt untertan machen.

Dort eine Scheiterbeige. Erinnerst du dich an die Scheiterbeige vor dem Hause, unter der Laube? Der Geruch? Die Farbe? Das Gefühl, wenn man die Scheite in die Hand nahm, sie in den Weidenkorb schichtete und ins Haus trug? Die ebenmässigen Scheite, die der Grossvater gespalten hatte, tagelang. Er machte es gern. Die Lust, die Stöcke zu meistern, das Holz ofengerecht zu spalten. Wie trocken und leicht sie waren, wie sie sich in der Küche, auf dem roten Plattenboden, mühelos aufsplitten liessen, wenn die Grossmutter feine Stäbchen zum Anfeuern brauchte. Wie leicht sich das Holzfeuer in Herd und Ofen steuern liess, wie es knisterte und rauschte, wie wohlig die Wärme war, die sich ausbreitete. Oder der Nachbar, ein wahrer Scheiterbeigen-Künstler, der sich die Zeit nahm, ganze Burgen und Scheiterhäuschen aufzuschichten. Mit Luken und Zinnen und Fensterchen. Das Spiel mit den Scheiten. Oder wenn die Kinder in Versuchung gerieten und die schwere Axt vom Scheitbock zerrten und im Zeug herumhackten, bis die Mutter rief, man solle das gefälligst sein lassen, wie oft habe sie schon gesagt, dass das gefährlich sei. Die Geschichte dann, von Brunners Hans, der sich die Axt ins Knie knallte und danach seiner Lebtag ein lahmes Bein hatte. Oder die Gruselgeschichten von abgehackten Fingern und Händen, Kinderrepertoir, im Museum des Schlosses von Greyerz nachzusehen (da war es die Hand einer gefallenen Prinzessin). Oder wenn der Sagimann das frische Brennholz brachte, ein begnadeter Flucher, dass die Hausfrau die Kinder ins Haus rief. Oder später, als wir schon kräftiger geworden und zum Verbote-Überschreiten aufgelegt waren, die Strafen. Zur Strafe zwei Stunden Holz hacken im Schopf. Die Wut, mit der auf die Scheite gehauen wurde, dass sie nur so herumflogen. Der Übermut, der gefährlich wurde, wenn die Axt an knorrigen Stücken abglitt und wuchtig herumsauste. Der schimpfende Grossvater, der nachschauen kam, der verlangte, dass das Scheitholz richtig hingestellt werde, der zeigte, wie man einen Stunk nahm, der mit dem Holz redete, ihm sachte beibrachte, dass es sich spalten müsse, der mit ihm schimpfte, wenn es sich weigern wollte, so dass es schliesslich doch noch den Schlägen gehorchte. Erinnerst du dich?

Verkehrssignale. An der Betonstützmauer vorbei. Die Betonstützmauer der entstehenden Autobahn. Die füllige Landschaft muss in Betonstützkorsette gezwängt werden, zurechtgedrückt werden, bis die Form passt. Überfüllig, barockfüllig, gelassen-massig ist sie nicht erwünscht. Elegant und formschnell muss sie sein; den Bedürfnissen der Strassenbau-Technologie hat sie zu entsprechen. Die steilen Borde, an welchen die Gusti, Schafe und Ziegen grasten und ihre Trampelweglein hatten, sind nicht mehr gefragt. Sie müssen eingepackt werden in dickes Betonstützmauerwerk. Für die Geschmäckler werden vielleicht später Hängeschlingpflanzen eingesetzt werden, zur Auflockerung der Bunkerlandschaft. Oder ein paar flotte Wandmalereien in Grün, die welliges Hügelwerk symbolisieren. Die Landschaft einbetonieren und danach den kahlen Beton durch fixe Künstler landschaftsempfunden gestalten lassen. Einmal wird man hier links in eine wunderbar geschwungene Kurve hineinflitzen. Aber vorläufig muss man sich noch da unten durchquälen. Ein paar nicht weggeräumte Erdhaufen. Man weiss noch nicht so genau, wie die flotte Landschaftskorrektur aussehen wird. Sicher ist, dass es ausserordentlich kühn ist, wie da die Autobahn durch diese bedeutungslose Landschaft ziehen wird.

Links der Mossee, der moosige See. Der soll voller Krabbelzeug sein, sagt man, voller Krebse. Wenn er auch nicht den Anschein macht, so soll er doch recht sauber sein; die Krebse beweisen es. Das ist eben ein moosiger See, Überbleibsel der Moorlandschaft. Da gibt es ein Strandbad; das Sprungbrett führt hinaus in undurchsichtige Gewässer. Schön soll es sein. Wo die Jugend nachts nackt baden soll, alkoholisiert, nach den Festen. Wo Frauen ihre Männer ausschimpfen, wenn sie früh morgens nach Hause kommen, nass, mit verklebten Haaren. Wenn sie gestehen müssen, nach dem Fest im Moossee gebadet zu haben.

Am Rand des Moosseedorfsees ein Campingplatz, ein idyllischer Kompromiss zwischen Autobahn und Natur. Und da drüben? Hofwil, das Fellenberg, das Fellenbergschloss. Was ist mit dem Fellenberg-Landsitz? Fellenbergschloss. Schloss Hofwil.

Herrensitze, finanziert aus dem Verkauf junger einheimischer Untertanen an kriegslüsterne europäische Potentaten, in holländische, spanische, piemontesische und neapolitanische Dienste, finanziert aus dem Schweiss der Bauern, finanziert aus Handelsmachenschaften auf Kosten der in Manufakturen tätigen Männer, Frauen und Kinder oder irgendwelchen heidnischen Wilden in fernen Kontinenten: Gewählt ist der Baumeister, gewählt ist der Stil; man will nicht nachstehen, kostbar eingerichtet muss es sein nach französisch-herrschaftlicher Manier: ein stilvolles bernisches Landleben im Sommer, ein junkerhaftes Winterleben in der Stadt und etwas Bildung für die Kinder vom Hauslehrer aus Paris oder Petersburg, etwas Kammermusik und Rokokomalerei, Seidentapeten aus Nyon: persönliches Wohlergehen als staatliches Wohlergehen empfunden, interessante Menschen erst ab Adelstitel, deutschem Krautjunkertum nachempfunden: die Rücksichtslosen von Wattenwyl, von Diessbach, von Erlach und auf welch mistigem Boden sie sonst noch fettgenährt wurden: Kuhschweizer, mit Puder in der Perücke, mit Parfum in den Rockfalten, mit dem Seidenschnupftuch an der Nase: eine Welt von uns, für uns, mit uns, um uns: die Trägerschicht des Ancien Régime, herrlich, herrschaftlich, selbstsicher, arrogant und gebildet. Verständlich, eine verständliche Welt, eine Welt, die sich in einigen Bänden darstellen lässt: Verfügungsgewalt gottgegeben und gottgefällig, wie die Theologen zu versichern befleissigen; nicht harmlos, aber übersichtlich, verglichen mit der Kapitalherrschaft und den kapitalen Herrschaften von heute.

Ja, die alten Herrlichkeiten waren zurückgekehrt, nach 1815. Man war wieder wer, das Gesindel war in seine Rattenlöcher zurückgejagt worden. Doch es war anders. Etwas hatte sich geändert. Die neuen Herrschaften fühlten sich bemüssigt, sich mittels des Volkes zu belustigen und allerlei Schabernack zu treiben mit ihm. So konnte man seine Hochherzigkeit ausbauen und unter Beweis stellen.

Flugs aus dem Volk die armen, aber hellen Kinder gepflückt, jaja, meine Herrschaften, das ist kein Widerspruch mehr seit Rousseau, und sich zu guten Diensten gemacht. Zunächst mussten sie das herrschaftliche Gut bewirtschaften, das ist der ökonomische Aspekt und zudem äusserst gut für die Erziehung, danach ein wenig Katechismus, knapp den Vorsprung auf die zukünftigen Schüler, aber nicht zuviel, denn das wäre ungesund für die bescheidenen Hirne; zum Nutzen des Staates, denn, vergessen wir nicht, die moderne Staatsidee ist am Erwachen. Schon damals gedachte man des Spinners von Birr, Stans, und neuerdings Iferten, des sogenannten Ehrenbürgers der Revolution, mit Nasenrümpfen. Unsereins geht nicht unters Gesindel, das hält auf Distanz und Anstand, bitte sehr, eine Frage des Stils.

Der Herr von Fellenberg, das ist wahre Herzensgüte, richtete neben seinem prächtigen Schloss ein Lehrerseminar ein. Und wo sollte man denn, um das ganze Volkserziehungskonzept durchzusetzen, die Lehrer hernehmen? Just aus eben diesem Volk, das ist das Neue, zu freier Kost und Logis, bei harter Feldarbeit. Aber nur, wenn sie das nötige Rüstzeug mitbringen, bitte sehr. So kann man sie zur rechten Zucht, **Ordnung und Unterwürfigkeit heranziehen; das wird sich schon verteilen aufs ganze Volk, in gutem** Masse, auf dass das Volk die Verordnungen lesen kann, die man herausgibt. Auf dass es nicht auf dumme Gedanken komme und dem Herrn von Fellenberg etwa noch das Schloss anzünde in seiner unendlichen Stumpfheit.

Rechts die alten landwirtschaftlichen Betriebe. Die Lehrer mussten nicht nur lesen und schreiben, sie mussten auch Kartoffeln auflesen können. Die neuen Turnhallen. Die Rituale des mens sana in corpore sano, stramm und forsch, wo es gilt, gegen den inneren Sauhund anzukämpfen und denselben mit den geeigneten Mitteln der Selbstkasteiung auszutreiben. Der Bequemlichkeit und der Genüsslichkeit den Kampf ansagen, nicht schlafen, rennen! Händeverwerfen bei Ungeschicklichkeiten. Es schickt sich nicht, sich nur mässig anzustrengen. Überhaupt all die Unschicklichkeiten, die einer flotten turnerischen Haltung nie zuträglich sein können. Harte Männer machen. Man darf schon lachen, aber nur, wenn ausgelacht werden darf. Oder die ganz schnellen, die mit dem stieren Blick, mit dem strafenden Blick, die gehirnamputierten Zwangsjäckler der ganz sportbesessenen Sorte, die Vorbilder, die Supermänner.

Hofwil: Erinnerungsrührseligkeit bei Generationen von bernischen Lehrern. In Hofwil, da war's streng, da war's schön, da war's glatt. Die tausend Törless-Effekte.

Eine ganz flotte Sache. Der kleine Moossee, der ist schon am Eingehen. Da hilft es nicht, wenn man rundum Plakätchen aufstellt und behauptet, das sei Naturschutzgebiet. Die Sumpfüberreste, das Tümpel- und Teichzeug, das niemand haben wollte und das wirklich zu nichts nutze war, wurde, neuer Trend, flugs zum Naturschutzgebiet erklärt, das macht sich gut. Bis dann einmal, ich weiss nicht, im Zuge einer Generalüberholung des ganzen Geländes, leider auf das wertvolle Biotop verzichtet werden muss. Dann werden die Lastwagen Bauschutt in die Löcher kippen, grosse gelbe Traxungetüme darüber hin- und herfahren, ausebnen und zusammendrücken, die Geometer werden mit ihren Dreibeinen im Gelände herumäugen, messen und rechnen, und dem Meistbietenden wird hier vernünftiges Kultur- oder Bauland zur Verfügung stehen. Klar, das Frosch- und Molchgetier und anderes Gekriech und Gewürm, das werden auch die Landkinder nur noch aus Bilderbüchern und von Diaserien her kennen. Was soll's? Dafür werden sie eine elektronische Denkmaschine zu bedienen wissen.

Mit jedem Schritt, den ich mache, möchte ich die Blösse decken, die ich mir dabei gebe. Das geht nicht auf die Dauer. Das bisschen Unabhängigkeit ist schwer zu verteidigen. Nicht, dass man es mir schwer macht, nur dass ich es mir nicht leicht mache. Ein Goldfisch in einem Becken von Haien sein. Ein Lamm in einem Rudel Wölfe. Da muss halt der Goldfisch sein Gebiss zeigen und Eindruck machen; das Lamm muss heulen wie ein Wolf, um nicht aufzufallen. Aber Goldfische haben kein Gebiss, und Lämmer heulen nicht. Sie heulen schon, aber nicht wie die Wölfe.

In Ruhe vertrotteln, das sollte man doch können in diesem Land. Ich hasse, so gut es geht.

Der Nebel löst sich auf; es kündigt sich ein schöner Tag an. Etzelkofen/Zutzwil wäre da rechts, bei der Moospinte, aber das Auto kennt seinen Weg. Unvermitteltes Abzweigen mag es nicht.

Der Bach. Er zog sich einst verträumt durch die Wiesen. Jetzt sieht er aus, wie wenn er nur noch nicht zugeschüttet wäre. Den Bach entlang gehen, durch den Bach waten, im Wasser stehen, sich niederbücken, das Geriesel und Gefliesse beobachten, in das Wasser greifen, die bunten Kiesel unter den Fusssohlen spüren, die Strömung entlang blicken, die Huschschatten der Forellen verfolgen, sich an der Böschung festkrallen, das Wasser an die Schenkel drücken lassen, sich entgegenstemmen, sich von der Strömung den Bauch massieren lassen. Als der kleine Xander in den Bach fiel, mitsamt dem Trottinett. Als wir die kleine Staumauer bauten. Als wir heimlich fischten. Als wir unter die Mühle krochen. Als wir kleine Boote bauten.

Die Bäume am Strassenrand, die Bäume in der Landschaft, die Kanalisations- und Entwässerungsgräben entlang. Kartoffelwagen. Drüben links Münchenbuchsee auf einem Sporn. Es war später nicht mehr ungesund, ins Loch hinunter wohnen zu gehen. Dort im Loch, wo die kommunale Abfallgrube war, haben sie einen, zwei, drei, vier, fünf, sechs, sieben, acht, neun Blöcke gestellt. In eine Abfallgrube.

Die Faszination der Abfallgruben für Kinder. Früher gab es sie überall, in jeder Gemeinde, in jedem Kaff, unten am Bach, oben am Waldrand; da warfen die Leute fort, was unbrauchbar geworden war oder unnütz. Ein Paradies für die Kinder, die den Unrat oft wieder nach Hause schleppten, um damit zu spielen, bis er wieder in der Grube landete. Oder man konnte in der Grube allerlei Gefährliches oder Verbotenes ausprobieren, das knallte, brannte, stank oder ätzte. Ganze Nachmittage verbrachte ich damit, im Unrat zu wühlen, interessante Objekte hervorzuzerren und zu begutachten: eine Singer-Nähmaschine, ein Motorradrahmen, eine Citroën-Légère-Carrosserie, eine Menge Filmspulen, Farbkübel mit Farbresten, allerlei Flaschen zum Zerschlagen, alte Werkzeuge, ein dickes Buch über Geschlechtskrankheiten mit kolorierten Abbildungen, ein Fleischwolf, Badewannen, Kaffeekannen, Haushaltwaagen, Waschbretter und überhaupt allerlei Haushaltgeräte, die im Zuge eines Ablösungsverfahrens durch moderne, elektrische Geräte ersetzt wurden. Dann die schmutzigen Hände, die aufgeschürften

Knie, die zerrissene Hose und das Gezeter der Mutter. Wie oft soll ich dir noch sagen, dass du nicht in die Grube gehen sollst? Das ist schmutzig und gefährlich! Da hat es gefährliche Bakterien und Krankheiten! Bring das Zeug sofort wieder zurück, ich will sowas nicht im Hause haben!

Das Schilf rechts an der Strassenböschung verrät das ehemalige Moos. Das Moos wird umgepflügt, und zwar gründlich. Dort steht eine riesige Baumaschine. Ein Kran mit drei Armen, hoch in den Himmel ragend, und mit fünfundsiebzig Rädern. Rechts über dem Abhang die mächtigen Bauernburgen der einflussreichen Familien Berns. Schau mal, wie die Höfe gebaut sind! Wie mittelalterliche Festungen beherrschen sie das Gelände. Wie die Familiendynastien, die sie besassen. Denk an all das Durchsetzungsvermögen, in drei Jahrhunderten entwickelt. Erkämpfte Monopolstellungen. Die Bösartigkeit, die sie dabei entwickelten. Da ging es nicht um christliche Nächstenliebe, das war für den Sonntagmorgen; da ging es um Beharrlichkeit und Freiheit. Deshalb stehen die grossen Höfe auch abseits und sind von mächtigen, scharfen Kettenhunden bewacht. Für das arme Gesindelpack war es ratsam, sich nicht in die Nähe zu wagen; Stockschläge und Hundebisse waren die sichere Folge.

Die Stunde der bernischen Grossbauern hatte zwischen Untergang der Feudalherrlichkeit und Aufgang der Kapitalherrlichkeit geschlagen. Etwa 100 Jahre lang waren die Grossbauern die Herren im Land. Da spielte sich Bern auf dem Land ab, in den Gemeinden, in Kommissionen, in einem Gemisch von Sturheit und Verstocktheit. Man musste sich gut stellen mit den Herren im groben Zeug. Das ist noch nicht überall Folklore, auch wenn die Herren inzwischen feine Anzüge tragen. Doch auch hier haben sich die Besitzverhältnisse stark gewandelt. Die

Bauern krampfen sich ab von morgens vier bis abends zehn, um die Zinsen bezahlen zu können, gehen ein, gehen nicht ein, sind am Eingehen, und sind noch stolz darauf.

Die Moospinte. Die echten und die falschen Balken in der Gaststube; eine echte alte Beiz auf alt ge macht, Rudolf-Mingei-Konterfei, General Guisan auch dabei, Kompanieabende, Saufgelage, Treffpunkt der entlaufenen Seminaristen und Rekruten, Viehhändlerbeiz, Bauernbeiz, Rekrutenbeiz, Soldatenbeiz, Rastplatz für Pfadfinder, die auf ihrer Velotour eine Pause einlegen bei Süssmost und Weissenburger Citro im Garten unter den alten Kastanienbäumen. Strassenkreuzungsrestaurant, ein Tee Rum für die Märitleute. Die Gespräche an den langen Tischen: Und dann hat, und dann ist, und schon wieder hat, und schon wieder ist, ich hab es immer gesagt, immer gesagt hab ich's, man kann machen, was man will, nie ist es recht, und stell dir vor, und dieser hat, und jener hat, und du meine Güte! Ein Stützpunkt in der Ebene, ein Flecken fester Untergrund, Speis und Trank, Wegzehr, Erfrischung am Wegesrand, zur fröhlichen Einkehr, aber auch sagenumworben, berüchtigt, bekannt und berühmt, was man alles so weiss und doch nicht weiss. Die Moospinte, die Pinte im Moos, Moorlandschaft. O schaurig ist's, übers Moor zu gehen.

Soldaten da vorne biegen nach links ab; wir fahren geradeaus weiter. Überall Strassen! Jetzt bauen sie Strassen! Sie haben beschlossen, dass es im Moos noch nicht genügend Strassen hat. Es müssen noch ein paar her. Die Verbindung Bern–Biel war unbedeutend; beschwerliche Karrenwege über Hügel und durch Sumpfgebiet, ungesichert, durch armselige Dörfer mit ärmlicher Bevölkerung. Bern und Biel hatten wenig miteinander zu tun.

Der Losinger fummelt hier in der Landschaft. Da, mitten drin, wo einmal die Strasse durchkommen wird, stehen schon die Kunstbauten. Diese Baumaschinen, diese grünen Lastwagen, diese roten Lastwagen, diese gelben Baumaschinen, ein Riesenkran mit kräftigen Armen, die Arbeiter in roten Signal-Überkleidern, dann diese Röhren, Betonröhren, Plastikröhren, Schaufeln, orange Baumaschine, Betonmischmaschine auf den Lastwagen montiert, ein roter Bagger, ein blauer Transporter.

Die kaputten Autos, links am Rande der Ebene, werden auf ihre elementarsten Teile reduziert. Autoleichenfledderei, schwunghafter Handel mit Ersatzteilen aus Autowracks. Die Faszination von Autofriedhöfen, die Lust an kaputten Autos, das klinische Interesse an Unfallwagen. Sie bauen Stacheldrahtzäune und lassen nachts die scharfen Hunde laufen. Beileibe nicht nur alte Autos, auch brandneue hat's darunter, blitzblank und mit Blechfalten, geblechfaltet, geknautschzont vorne und hinten, irreparabel. Hier reicht eine ordentliche Beule, und das Auto kommt auf den Abbruch. Autoabbruch, das Auto wird abgebrochen.

Ein Motel. Ein flottes Motel. Motel Bern–Biel heisst das. Ein schöner Name.

Mit Dreck, Abfall und Bauschutt wird das Moos aufgefüllt. Restaurant Schönbrunnen. Die Lastwagen-Beizen. Der grosse Kiesplatz, die staubverkrusteten Ungetüme, die Wasserlachen und Unebenheiten, die Reifenspuren. Schnell hinein in die Zwölf-Uhr-Gaststuben, überfüllt und rauchig, die hastenden Serviertöchter, das Geklirr und Geklimper, die zerlesenen Blick-Zeitungen, die zerknüllten Servietten und überfüllten Aschenbecher. Hier wird gegessen, und zwar viel und schnell. Quantität ist gefragt, mit viel Gemüse und Kartoffeln, den Bauch füllen muss es, schnell und preisgünstig. Schweigend oder vielgesprächig wird gegessen, Ellenbogen breit aufgestützt, Hemdärmel nach hinten gekrempelt, starke, haarige Unterarme, ein Bier, zwei Bier; man muss etwas vertragen können. Die Serviertochter muss auf derbe Witze und Kniff-Griffe gefasst sein.

Danach schnell weiter, aufsteigen, einsteigen, das lärmende Starten, die Dieselrauchschwaden, ruckartiges Ansetzen und vorsichtiges Herausfahren, Zeit- und Wegberechnungen, der Fahrtenschreiber ist in Betrieb, man muss auf die Betriebsstunden kommen, der Salat, die Röhren, der Kies oder die Maschinenteile müssen ankommen, koste es, was es wolle.

Jetzt über die wahnsinnige Kreuzung. Als Hans seinen Unfall zu erklären versuchte: alle werweissten, welche Kreuzung er wohl meine. Wir kamen auf diese hier. Nach dem Match Bern–Langnau war es, es regnete stark, die Scheiben waren beschlagen, und sie waren natürlich alle blau. Er hatte sich verfahren, wusste nicht mehr, wo er war, wollte wenden, mitten auf der Kreuzung. Da kam einer, fuhr ihm hinten hinein. Er stieg aus und prügelte sich mit dem andern Automobilisten, der von einer Tanzveranstaltung in Schüpfen kam und dort keine Frau gefunden hatte: Wenn du bis elf Uhr keine gefunden hast, dann kannst du wieder gehen, dann liegt nichts mehr drin. Die beiden wälzten sich im Strassengraben. Hans rief ständig: Nicht an den Haaren, nicht an den Haaren, du Sauhund! Da kam die Polizei, endlich, und machte Ordnung. Jetzt hat er einen Ford Capri.

In diesen Tagen sind die Bäume richtig in die Herbstfarben gekommen. Das warme Braun. Das kühle Kupfer. Oder gesprenkelt in allen Farben.

Peugeot. Benzin. Silos, zwei Riesensilos, das sind die neuen Wahrzeichen der Landwirtschaft. Die Landwirtschaft als Hätschelkind der Nation; sie ist wichtig, versorgungswichtig, lebenswichtig, ganz abgesehen vom landschaftlichen Verschönerungseffekt. Eine ganze Nation ernährt ihre Bauern, denn, erinnern wir uns des Planes Wahlen, der Anbauschlacht, Korn zwischen Tramgeleisen, Runkelrüben im Park und die Rasenflächen als Gemüsebeete. Auch der General hat Haferschleimsuppe gegessen, aus Militärgeschirr. Der ganze Volksspeisungsmythos.

Die Mechanisierung ist ein gutes Geschäft mit der Eigentümlichkeit der Bauern: Ehrgeiz und Neid. Solidarität ist nicht gefragt.

Die Wolken hängen tief herunter, bis an den Horizont. Ein Eisenbahnzug mit Güterwagen, Güter werden da transportiert, dass es eine Freude ist.

Schnurgerade. In Schlüsselepochen werden die Strassen schnurgerade gebaut, keinerlei Federlesens, von A nach B, punktum. Französisches Muster, liberale Revolutionsbegeisterung, Freisinn im Wortsinn, das Land ermessen, durchschreiten, Kilometer, Geometer, Trigonometrie, Kartographie als revolutionäre Tat, General Dufour auf den höchsten Bergesspitzen, Dufourspitze, Meter über Meer, das Land erfassen, vom Land Besitz ergreifen, das Land beherrschen, militärisch erschliessen. Nicht das barocke Ränkespiel von vorher oder von heute, nicht ränkehaft kurvenreiche Strassen, es vielen recht machen wollen, Strassenbau als kompliziertes kommunalpolitisches Puzzle. Schnurgerade als politische Forderung durchgesetzt, der Wille des Siegers, mit Poststationen und schattenspendenden Alleen, Distanzen in Tagesmärschen ermessen, Marschgeschwindigkeit der Infanterie, Schritte pro Kilometer, gutes Infanterieschuhwerk als Voraussetzung zur Machtentfaltung. Da gilt es auch die Sumpfebenen trockenzulegen, Hindernisse zu beseitigen, Stabilisierung der Strategie. Dem Land die

Mythen nehmen, Ängste abbauen. Nicht die Alpen besingen, sondern besteigen, kalkulierbar machen, in die entlegensten Täler die Nachricht vom Bundesstaat bringen, weisses Kreuz im roten Feld. Dieser Staat ist für alle da, die Strassen beweisen es, Binnenzölle beseitigt, Münz- und Masswesen vereinheitlicht, sichere Verkehrsachsen. Das sind handfeste Vorteile.

Da drüben wäre es bald Zeit zum Pflügen; der hat noch Klee gesät, für nichts.

Dort sollte man sein. Das ist ein Weiler! Warum ist dort die Welt in Ordnung? Oder ist dort die Welt in Ordnung? Irgendwie stimmt es nicht mehr. Ist es so, dass dir der Anblick dieses Weilers eine Ahnung der Erinnerung vermittelt, und zwar die Erinnerung an eine Wunschvorstellung, die du heimlich hegst? Die Wunschvorstellung von einer Welt, die in Ordnung ist? Dass sich diese Wunschvorstellung in einer offenen Landschaft mit weiten Feldern, fernen Wäldern und kleinen Weilern abspielt?

Der Wunsch der Leute, aus den Städten auszureissen und auf dem Land zu wohnen. Der Eifer und die Unkenntnis, mit denen im Gemüsegarten gewerkt wird, Kopfschütteln und Grinsen unter der einheimischen Bevölkerung, dann und wann Erstaunen über all die fremden Leute, die pittoresken Kleider, die abenteuerlichen Autos, den Lärm, die ungewöhnlichen Schlafens- und Essenszeiten, die unübersichtlichen Familienverhältnisse. Die Hingebung, mit der die alten Räume wiederhergestellt werden, der Einfallsreichtum beim Ausschmücken und die Musse, die sich wieder einfindet, sogenannt unnütze Tätigkeiten zu verrichten. Der Hang zu künstlerischer Betätigung, zu Selbstversorger-Massnahmen, zu unkonventioneller Kleidung und Lebensführung. Danach die Ernüchterungen: das Schneeschaufeln, die Schleuderunfälle, die verkehrstechnisch ungünstigen Voraussetzungen für neue Bekanntschaften und Liebesbeziehungen, die gefährliche Isolation, die Vereinsamung. Dann kommt die Zeit, wo die freiwilligen Landbewohner in die Stadt fahren, in den Beizen herumhocken und saufen, all ihr Geld verbrauchen auf der Suche nach netter Bekanntschaft. So kehren viele langsam in das Stadtleben zurück, oder, bei anhaltenden Enttäuschungen, verkauzen sie in ihren Stöcklis, in denen die ehemals frischen, weissen Anstriche wieder gelb-grau geworden sind.

Zwischen den Beizen und Pinten hindurch, die schon seit etwa dreihundert Jahren Wegzehr bieten. Die Pinten am Weg wurden bedeutend, nachdem sich Öffentlichkeit nicht mehr auf den Sitzen der Landvögte abspielte; da sammelte sich die Gemeinde, da traf man die Händler, da wurde der knappe Marktgewinn versoffen, da wurde gebettelt, da wurden die Nachrichten ausgetauscht, da wurden Händel und Raufereien ausgetragen, da wurde gespielt und beschissen, da holte man sich den Fusel. Die Pinten wurden staatstragend; da fanden die Pfarrherren Stoff für die Predigt, da holten sich die Landjäger die Landstreicher und die Zigeuner; da versammelte man sich in den Sternstunden der Geschichte zu umstürzlerischem Treiben. Danach die Vereine, Schützenvereine, Gesangsvereine, später Turnvereine, Hornussergesellschaft und Theatergruppe, Trachtengruppe, Bauernpartei und Motoclub. Einmal Bürgerwehr gegen die Sozis, später, als sich alles etwas gesetzt hatte, die Einquartierungen, das Militär, die Jubiläen und Soldatenweihnachten, dann, nach einer Ruhepause, der aufkommende Reiseverkehr, von Speck und Sauerkraut über Meringues zum Grill Corner mit Pfeffersteak und pommes frites. Danach die Renovationen, die Um-, Auf- und Zubauten, moderne Küche aus sanitätspolizeilichen Gründen, Innen- und Fassadenrenovationen, neuer Anstrich, neues Schild, neues Dach, auch ab und zu spekulative Brände zur Sanierung des Betriebes. Wirtewechsel, Aufkauf durch die Brauereikonzerne, Pachtbetriebe mit Geranten in feinem Anzug und jungem Servierpersonal, Trinkgelder inbegriffen, Sanierung der Anstellungsbedingungen und Arbeitsverhältnisse, Lohn plus Kost und Logis, Spezialisierung, Jägerstube, Fischerstube, Ratsherrenstube, aber weise Beibehaltung der Gesindelstube; man will es mit den Einheimischen nicht verderben. Ausbau des Parkplatzes; die Stangen vor dem Eingang oder die in die Wand eingelassenen grossen Ringe verschwinden, die Gäste kommen nicht mehr zu Pferd, der Parkplatz hingegen muss erweitert werden, auch die Toilettenanlagen müssen modernisiert werden.

Wir kommen hinein, in den Ausleger von Schüpfen. Schüpfen drüben links. Von Schüpfen kam ein bäuerlicher Minister, ein rauhbeiniger Polterer, der die Sesshaften mit den Niedergelassenen einte gegen die übrige Welt der Städte mit ihrem Proletariat und ihren feinen Herren. Er musste volkstümlich sein und war volkstümlich bis zum Gehtnichtmehr. In jeder Beiz hängt sein Bild just neben dem Bild des Generals. Jaja, als der Minger Rüedu. Kleingewerbe und Bauernschaft hingen ihm an, verhalfen ihm zu höchstem Lorbeer. Auf dass die Welt so bleibe, wie sie ist, auf dass sich keinerlei Grenzen verschieben, auf dass Er uns behüte vor allerlei Übel, ausgeheckt von den sozialistischen Revoluzzern und dem intrigantischen Bürgertum.

Als sich die Landflucht der Kriegsgeneration mit der Stadtflucht der Nachkriegsgeneration traf: Die Autos wurden zu Konsumartikeln, bunte Citroëns standen neben den Stöcklis, die schweren Nussbaummöbel, die der verstorbene Vater oder Knecht hinterlassen hatte, wurden auf den geräumigen Estrich gebracht, Neuanstriche in allen Zimmern, die Täferung vom schmutzigen Hellgrün, dem Fliegengrün, weil es scheint's die Fliegen fernhielt, zum Dispersionsweiss; die Chromstahlmöbel kamen, die Nippes aus Fernost, die Stereoanlage mit Pop und Folk, in späterem Zerrüttungsstadium mit buddhistischem und moslemischem Singsang, die Ehen unter Jugendlichen, auch die wilden, das Geschmuse und Gepfuse in gotthelfischen Stuben, die Posters von Bob Dylan und Jimmy Hendrix. Die kleinen Gemüsegärten, zuerst mit Zucchettis, Bohnen und Sonnenblumen, später die liebevolle Aufzucht von Cannabis und Berner Sennenhunden.

Die Ideen. Die Pläne. Die Pianistin mit dem Steinway spielte von morgens früh bis abends spät Bartok und Rachmaninoff, immer und immer wieder, bis sie aufs Heroin kam, das hat sie erlöst von der Verbindung mit der guten Musik und dem guten Elternhaus, dem sie entfloh, in die Arme des Pusher-Gesindels, mit dem sie schliesslich nach Nepal fuhr. Jetzt liegt sie auf dem Friedhof von Katmandu begraben.

Danach kamen die solventen Käufer, die Direktoren und Zahnärzte, die das geruhsame Landleben suchten nach zehn Jahren Hetze und Raffel. Aufkauf der Lotterhäuser, Totalrenovation bis zum englischen Landhausstil mit Golfrasen unter den Apfelbäumen der Hostatt, da ward's wieder christlich, christliche Steuerzahler in der Gemeinde, die Doktors mit den zwei Mercedes, das ist wieder was; die Gemeinde kann erleichtert aufatmen. Der Tripper, nach hundert ängstlichen Jahren vergessen geglaubt, vorübergehend wieder im Dorf, ist besiegt.

Das Rössli. Schau mal diesen Gasthof an! Ist das nicht ein bernisches Monument! Hotel Bären, Löwen. Schau mal diese Gasthöfe an! Das sind die Subversiven gewesen im Alten Bern, weil die Wirte oft lesen konnten. Die Bärenwirte. Dort die Wagen voller Kartoffeln.

Einer, zwei, drei, vier, fünf. Eine Baumschule. Ein gelber Citroën. Ein Mädchen mit einem Kinderwagen.

Als man mich im Kinderwagen herumschob. Als unsere Mutter das Schulmädchen anstellte, uns Kinder im Kinderwagen herumzuschieben. Später sagte sie: Jetzt erwartet Heidi selber ein Kind. Wir konnten nichts daran finden; für uns war es selbstverständlich, dass Frauen Kinder kriegen. Doch die Mutter machte eine bedenkliche Miene und sagte: Armes Mädchen. Die Schwester erkundigte sich. Es habe keinen Mann, beziehungsweise einen schlechten Mann angetroffen. Was ist ein schlechter Mann? Zudem: Was hat ein Mann damit zu tun? Nichts, sagten wir. Das Heidi sei eben ein Kokettes, ein Aufreizendes, das habe als eines der ersten einen Bikini getragen. Das stimmt, den haben wir auch gesehen. Einen weissen Bikini, dass sich die Männer umschauten und steife Glieder kriegten. Für uns war der Bikini nichts Besonderes. Wir hatten Heidi gern. Oft aber hatte sie verheulte Augen, aber wir dachten uns: Das ist ihre Sache. Wir kümmerten uns nicht um Heidi; sie hatte sich um uns zu kümmern.

Später, als wir nicht mehr im Kinderwagen herumgeführt werden mussten, besuchte uns Heidi immer wieder. Jetzt hatte sie das Kind. Meine Mutter und sie besprachen ernsthafte Dinge. Das interessierte uns Kinder nicht. Dieses ständige Tuscheln. Immer drehte es sich um Kinder und Männer. Heidi war blond. Sehr blond. Mir gefiel sie. Dann hat sie geheiratet und noch zwei Kinder dazugekriegt. Aber das ging schief. Die Mutter schüttelte den Kopf und telefonierte lange. Wir fanden heraus, dass die Erwachsenen mit Kindern Schwierigkeiten haben können, fragten uns, was wohl Kinder damit zu tun haben. Wir kannten Heidis Kinder nicht, konnten also nicht sagen, ob es an den Kindern liege. Heidi war immer noch gleich schön und sagte mir lachend, wenn sie die Mutter besuchte:

Dich habe ich in den Armen gehalten! Das war klar, das stimmte, das wusste ich, das störte mich nicht. Noch später habe ich Heidi immer wieder gesehen, von weitem, auf der Strasse, im Bus, in einem Kaffeehaus. Immer allein, sehr blond und sehr schön.

Die Erinnerung an die Vertonung von Wölflis Notenornamenten, als Schilderung des Malers Dill. Erinnerungsbruchstücke, Impressionsfragmente, Kunst als Erinnerung an die Zeit, als Relikt der unerlebten Gegenwart. Kunst als Erinnerung an die Gegenwart, ein Kaffeesatz, ein Sud.

Der alte Fritz Betschen, Bahnarbeiter. Gramper. Der im Sterben lag, als die Kinder unter seinem Fenster lautstark Fussball spielten. Die verblassten Erinnerungsphotos an den Wänden. Stationen seiner harten Arbeit. Seine Hände, wie Baggerschaufeln, sein riesiger, gelblicher Schnauz.

Friedrich Glauser auf den Leitungsmasten sitzend, winkend, im Akkord streichend.

Du sagst, liebe Danielle, dass du den Sinn deines Lebens einfach nicht finden könnest, obwohl du mit allen Vorteilen bedacht wurdest, die hier und heute eine Frau haben kann: reiches Elternhaus, universitärer Abschluss, berufliche Möglichkeiten, die ein finanziell äusserst unabhängiges Leben ermöglichen, eine gewisse äussere Attraktivität, ohne die eine Frau nicht auskommt, die den Kontakt mit Menschen erleichtert. Eben. Du langweilst dich. Du hast alles, du kannst alles, und du meinst, du müssest etwas machen, das dich ausfülle, erfülle.

Mein Gott, ich lach mich tot! Überleg dir doch mal, wie es wäre, wenn alle Leute diesen Anspruch erhöben! Umgekehrt ist es: Kein Mensch tut das, oder nur ein paar ganz seltene Eigenbrötler. Alle andern alle, die meisten, die übrigen, die gehen jeden Ta arbeiten, hassen ihre Arbeit, hassen ihr Leben, hassen sich selber. Das ist der Normalfall.

Politisch ist es, wenn wir nun schon gerade dabei sind, die Bedürfnisse, die man hat, ausdrücken zu wollen oder auszudrücken, jawohl, und das tust du, indem du in der Beiz sitzest und einen Grappa nach dem andern hinunterleerst und dabei noch meinst, das sei lässig. Indem du sinnlos säufst, obwohl du das nicht kannst – es gibt nur wenige, die richtig saufen können –, zeigst du allen Anwesenden, signalisierst du, wie auf hoher See, mit Wimpeln und Kellen oder Blinkern, dass es dir nicht passt. So einfach ist das. Na und? Du musst halt warten können, bis dir etwas einfällt.

Jetzt langsam in die Kurve, wo man seinerzeit mit der Vespa umgefallen ist. Der geniale Freund, der aus drei Abbruch-Vespas einen tollen Töff zusammenbauen konnte, mit stromlinienförmigen schwarzen Streifen vorne und seitlich. Die ersten Fahrversuche auf der Kiesstrasse beim Güterbahnhof! Wie der zog! Die Stürze, die zerschundenen Knie und Ellenbogen, die Fahrten mit dem blauen L nach Schaffhausen und Lausanne, das Benzin, das man sich aus den Tanks der parkierten Autos beschaffen musste, die Skibrille, Vaters Helm. Die Basteleien am Wegrand, Abheben der Eierschale links, Kerze heraus, putzen, einmal war's auch die Kupplung, dann halt ohne Kupplung, Ölwechsel und Pneuflicken. Die Entdeckung des Benzinmotors, die Entdeckung des Individualverkehrs, fahren, wohin man will, in den Tessin und in die Toscana, nach Toulon und nach Marseille, wo das geklaute Fahrzeug geklaut wird.

Das Reservoir und der Blick hinüber in kleine, leere, stille Tälchen. Hostatt. Es nimmt jetzt langsam System an. Dort das seltsame Haus mit diesen Gewölben, offene Gewölbe, also Lauben.

Auf der Kuppe wieder eine Burg, die dominiert.
Du übertreibst gern und oft. Wie wenn dir die Tatsachen nicht genügen würden. Du brauchst die Übertreibung, um Eindruck zu schinden, so gut es geht. Aber deine Übertreibungen machen müde. Die grosse Zahl stumpft ab. Zudem bist du kein Meister im Übertreiben. Die Meister des Übertreibens sind kurzweilig. Das bist du nicht. Du bist langweilig.

Ich darf doch übertreiben. Übertreiben macht mir Spass. Übertreiben ist ein Kunstmittel, voilà. Glaubwürdigkeit hängt nicht von Quellenangaben ab. Adolf Wölfli ist doch sehr glaubwürdig, wenn er erzählt, er habe in einem Land achtzehntausend Brücken von mehr als zwölf Kilometern Länge einstürzen sehen, wobei es neunundneunzigtausend Tote gegeben habe. Das ist sehr wahr, und Gigantomanie ist nicht Wölflis Erfindung. Er hat sie nur wiedergegeben. Ist es denn nicht so, dass man mittels Übertreibungen Übertreibungen beweisen möchte? Die Botschaft ist Botschaft ist Botschaft.

Die Landschaft ist schön. Der Bach im Wäldchen. Diese Matten, die sind kräftig, gewellt, leicht gewellt.

Grossaffoltern, nein Kosthofen. Kosthofen/Suberg. Kosthofen zuerst. Die Schmitte. Die Schmitten, in denen seit Generationen gehämmert und eingepasst wird, der abgewetzte Bohlenboden, die genarbten Stützbalken, die rauschenden Essen, der Himmel voller Hufeisen, die wuchtigen Werkzeuge an den Wänden, die überstellten Werkbänke, der Amboss, der Schmied, furchterregend massig, aber vertrauenerweckend für neugierige Kinder, in seiner bis zum Boden reichenden Lederschürze, die Gesellen, Lachen und Schimpfen, später der Schweissapparat, die blanken Eisenzinken, die es anzuschweissen gilt, oder die zu verstärkenden Gestelle, Maschinenteile, um die

Schmitte herum verstreut, Aufträge oder Schrott, den man sicher einmal wiederverwenden kann, die geduldigen Pferde, ein Bein nach dem andern nach hinten in die Lederschürze des Schmiedes geknickt, der Geselle, mit Zinken und Zangen, Zwicken und Hammer, das glühende Eisen anpassen, die Rauchwolke, das Pferd wird etwas unruhig, der Geruch verbrannten Hornes, zurück mit dem Eisen in die Esse, bis zur Rotglut, danach wieder hämmern, wechselseitig, bis es passt, die wuchtigen Hufnägel, hineinschlagen und abzwicken, so, das hätten wir. Der Lehrling wischt die Rossbollen und die Hufschnitzer zusammen.

Heute sind es die Gerätemechaniker mit Schraubenschlüssel und Punktschweissgerät, Servicearbeiten an Mähmaschinen und Bindern, Häckslern und Sämaschinen. Geschmiedet wird kaum noch. Die Schmiedeeisen im Lager sind noch vom Vater her, der sie wiederum noch vom Grossvater her hatte; ebenso die Werkzeuge, schwer und massig, die nutzlos an der Wand hängen. Die zwanzig verschiedenen Hämmer werden abgenommen und durch Spezialwerkzeuge der Maschinenfabriken ersetzt, die Zwicken und Zangen sind vergessen, keiner weiss mehr, wozu man sie brauchen kann, in Kisten werden sie geworfen und in einer freien Ecke gestapelt, bis die Schmitte abbrennt und durch eine moderne mechanische Werkstätte ersetzt wird.

Kosthofen links unten. An der Garagenwand die Zierrosen. Das muss eine Art Stolz gewesen sein, denn wer von der Jeans-Generation würde sich heute noch die Mühe nehmen, an seiner Garagenwand mühsam, über Jahre hinaus, Rosen hochzuziehen, an dünnen Drähten, die von einer Kante zur andern gespannt sind, die langsam rosten. Man kann zuschauen, wie die Drähte immer rostiger werden, jedesmal wenn man die

Rosen schneidet, oder wenn man einige für den Küchentisch pflückt. Man bindet sie geplant den Drähten entlang, sieht den Wuchs der Staude schon Jahre voraus, so entwickelt sich das, gemächlich, während Tante Helene an Krebs stirbt und Franz mit dem VW in den Baum fährt, bei Schüpfen, weil er Kummer hatte, besoffen war wie immer, weil die Frau in der Waldau, während die Kinder gross werden und der Peter zur See, jawohl, richtig, wir sind keine Seefahrer, aber Peter ist zur See, zur Schweizer Hochseeflotte, das gibt's nämlich, auch wenn's ein wenig komisch klingt, und der Ernst, der gesagt hat, obwohl er jetzt in Genf arbeitet – der soll nur in Genf bleiben, der soll mir ja nie wieder daher kommen –, der gesagt hat, dass die Männer in unsrer Familie nur zwei Möglichkeiten haben, sich den Frauen gegenüber zu benehmen, dieser intellektuelle Radebrecher, zwei Möglichkeiten, und die wären so, dass der Mann die Frau entweder ein Leben lang terrorisiert, und das wären zwar die dümmeren, aber nicht einmal die schlimmeren, oder, und das wäre die zweite Möglichkeit, dass der Mann der Frau ein Leben lang davonläuft.

Der Bahnübergang. Kosthofen. Balkonblumenschmuck. Wunderbare alte Häuser, lebendige Häuser. Irgendwie kann man sich darunter noch etwas vorstellen.

Auf Göttis Hof ging es besonders geschäftig zu, es wurde gewischt, die Karren und Wagen wurden zur Seite gestellt, und der Muni wurde mit etlichem Getue und würdiger Vorsicht aus dem Stall geholt. Der war zu nichts nutze, hatte ich doch herausgefunden, dass der Sack zwischen den Hinterbeinen keine Zitzen hatte, nicht zu melken war. Der grössere Lümmel hatte gesagt: Stüpf den Muni an den Sack und schau, was passiert! Doch ich hatte es nicht gewagt; das massive Tier war mir zu bedrohlich. Der Lümmel hatte gesagt: Kannst ja sofort aus dem Stall rennen, einfach dran stüpfen und dann gleich wegrennen! Trotzdem war es mir zu riskant.

Nun holte man das Riesentier heraus; gelangweilt trottete es herum, blickte das versammelte Volk an und dachte sich seinen Teil, da es weder zum Brunnen ging noch Gras in der Nähe war. Zudem hielt der Knecht den Muni am Nasenring; am Nasenring war ein Stiel befestigt, und den hielt er fest, als ginge es um sein Leben. Ein anderer hatte zudem noch einen dicken Strick fest um den Unterarm gewickelt, und Götti Fritz ging um das Tier herum, um zu schauen, ob noch alles dran war. Dann kam der Suter mit der Kuh, und mir dämmerte, worum es ging. Die Kuh hatte ein paar Blumen im Gehörn, tat etwas aufgeregt, wich hinten immer zur Seite aus, und Suter fluchte in den höchsten Tönen. Er liess die Kuh von einem herumstehenden Bengel halten und blickte ihr hinten hinein, öffnete mit zwei Fingern das Geschlecht und nickte zum Götti Fritz hinüber, der breitbeinig bei seinem Muni stand.

Der Knecht blickte zu mir hinüber und brüllte: Fahr ab, Schnuderhung! Ich wich zurück, scherte mich aus seinem Blickwinkel, wollte mir jedoch das Schauspiel nicht entgehen lassen, das war klar, hatte das doch was mit dem zu tun, wovon immer gesprochen wurde, und wovon ich nie etwas verstand. Ich begriff das instinktiv.

Da wurde der Muni hinter die schwanzschlagende Kuh geführt, und jesses! aus seinem Bauch fuhr eine rote Stange, so lang und so dick wie ein Zaunpflock, eine knallrote Riesenstange, ein feuriges Ungetüm, das dem Muni offenbar in den Kopf stieg. Er wurde ganz aufgeregt, schnaubte, hechtete mit einer unvorstellbaren Vehemenz hinten auf die Kuh, die fast zusammenknickte. Das knallrote Geheimwerkzeug fuhr hinten in die Kuh hinein, in seiner ganzen Länge, und es hub ein Stossen und Ziehen an, wie ich es noch nie gesehen hatte. Der massige, träge Munikörper wurde plötzlich quecksilbrig, die Muskeln traten hervor, die Adern schwollen an. Doch kaum hatte ich mich von der Überraschung erholt, schlaffte der Muni plötzlich ab, schlenzte von der Kuh und war wieder der alte, der zwar noch kurz und gelangweilt am Kuhhintern herumroch, dann aber unmissverständlich in den Stall zurück wollte. Der Suter verhandelte noch kurz mit dem Götti Fritz, es wurden ein paar Notizen mit klobiger Hand in ein Buch eingetragen, zehn Franken wechselten den Besitzer, und für die Leute vom Hof war das Ereignis vorbei, man ging wieder seiner Beschäftigung nach.

Da bringt einer Maishäcksel fürs Silo. Auf einem Anhänger, Lastwagenrad, Anhänger, so ein Aebianhänger. Mit dem Götti Fritz nach Burgdorf an die Landmaschinen-Ausstellung. Er hatte einen VW, weiss und rostig; es reute ihn, die Versicherung zu bezahlen, so hatte er keine Nummer dran, aber er kannte einen Weg nach Burgdorf über allerlei Feldwege: eine recht abenteuerliche Holperfahrt. Heutzutage fährt der freie Schweizer Bauer mit der Limousine an die Landwirtschaftsausstellung, das ist klar, das war, wart mal, 1957, glaub ich.

In Burgdorf war die Welt zu Gast. Da fielen die grossen Festzelte auf, die Ausstellungszelte, die Aussteller, das Freiburger-Manndli mit seiner Mundharmonika war auch da, und es gab so grosse landwirtschaftliche Maschinen zu kaufen, dass sie gar nicht mehr Platz hatten in den Ausstellungszelten und deshalb im Freien standen. Dazu Banderolen,

Spruchbänder, die aufmunterten und den Götti ganz fröhlich stimmten, dass er, ungewohnt aufgeräumt, seinen Hut in den Nacken schob und eine Toscanelli anzündete. Da standen allerlei dicke Herren herum, mit bunten Krawatten, die Interessantes zu berichten wussten, die mit dem Götti Fritz gerne längere Gespräche geführt hätten; dieser jedoch, mit schlaumeierischem Gesicht, neigte sich zu mir herunter und flüsterte: Ich lass mich nicht übers Ohr hauen, ich nicht! Wir gehen nur so herum und schauen uns die Sachen an, mal dies, mal das, schauen kostet nichts, und das gibt dann die Ideen, wie man es zu Hause verbessern könnte, ohne dass man deswegen gerade etwas Grosses und Teures kaufen und dabei riesige Schulden, an denen man zugrunde gehen könnte, machen muss. Ich gab meinem Götti recht, recht hatte er: Sollen die Goldzahntypen in ihren feinen Seidengilets schwatzen, schmeicheln und scharwenzeln wie sie wollen, wir bleiben standhaft, das ist klar. Da war aber dieser Häcksler. Ein Häcksler war sozusagen das Beste, das Wichtigste, umsatzsteigernd undsoweiter, der hatte es dem Götti unerhört angetan. Und als wir schliesslich zur Melkzeit über alle Feldwege des Kantons Bern nach Hause zurück ratterten, mit bratwurstvollem Magen und bedusselt vom Weissen, dazu mit Männergesang, da hatte der Götti Fritz, dieser Schlaumeier, den Häcksler gekauft.

Ein Eisenbahnsignal wie in alten Zeiten. Es steht auf 'zu'. Das Wärterhäuschen zwischen Strasse und Eisenbahnlinie eingeklemmt. Richtung Suberg. Da unten, den Bach entlang, die Taglöhnerhütten.

O mein Schweizerland, all mein Gut und Hab!
Wann dereinst die letzte Stunde kommt,
Ob ich Schwacher dir auch nichts gefrommt,
Nicht versage mir ein stilles Grab!

Ins Loch, in den Graben gebaut, am Rande der Matte, bachdurchflossen, der Krebsbach, feucht und schattig, weder Bauernhaus noch Scheune, Wohnhäuslein mit kleinem Ofen in einem der Zimmer, kleine Küche für kleine Mahlzeiten, grosse Familie, aufgerissene Mäuler, Hunger und Flicken.

Das Gesindelpack, das Lumpenpack, Fotzelhüng, Saucheibe, Schnuderhüng, gefrässige Bande. Gestohlen wird, jawohl, diese Leute haben vor nichts Respekt, den Landjäger rufen, in die Kiste mit ihnen, ab mit ihnen, christliche Wohlfahrt, am besten nach Amerika, dann sind wir sie los, diese hergelaufenen Lumpenhunde!

Da ist unser Ursprung zu finden, bei den Anfeindungen, bei der Willkür der Bauern den Tagelöhnern gegenüber, bei der Willkür der Bauherrschaften. Wir haben die Strassen des Kantons geteert, wir haben am Abend unsere Hände mit Petrol gewaschen. Doch wir sind nicht ab nach Amerika, in die Kiste ab und zu, sicher, ein statistisches Problem, zwischen zehn Stockschlägen zehn Kartoffeln gestohlen für die zehnköpfige Familie, neunköpfige, da der Jüngste an Schwindsucht gestorben ist; dem geht's jetzt besser. Die Älteste hat es mit den Franzosen, mit den Soldaten, lässt sich schwängern, der Anfang einer neuen Elendsgeschichte, Urururgrossvater wird geboren werden, wenn Napoleon seine Armee im belgischen Nebel verliert, Grundlage einer weiteren Taglöhnerdynastie, schon wieder, die vermehren sich wie Kaninchen, in der sechsten Generation ein Dichter, ja, oder in der siebten, wer will da schon genau zählen.

In den Schattenkaten treiben sie sich herum, halten sich am besten still, auch wenn das rote Banner des Sozialismus hoch am Himmel flattert, es werden immer die gleichen gehauen. Aber sie sind zäh, lassen sich nicht vertreiben.

Wir kommen nach Dünger-Hauert-Engrais. Die haben sich schön entwickelt. Das ist ein Hit, das Düngergeschäft. Die Kuhmist-Revolution ist längst vorbei, die Kuhfladen werden nicht mehr liebevoll aufgeschichtet und gezöpfelt, höchstens noch mit hydraulischen Greifern gepackt und umgeladen, mechanisch zerkleinert und auf die Stoppelfelder gesprüht. Aus dem kleinen Holzschuppen mit dem grossen Plakat Dünger-Hauert-Engrais ist eine Lagerhalle geworden, mit gestrichenem Profilblech und betriebswirtschaftlicher Lagerung der Fünfzigkilosäcke. Dünger hatte ich verstanden, aber Hauert? Hatte wohl etwas mit Hauen zu tun. Völlig schleierhaft war das Wort Engrais. Nie gehört und nie wieder gehört. Da muss Engrais drin gewesen sein, in dem Schuppen, eine geheimnisvolle Sache mit geheimnisvoller Wirkung.

Doch bald einmal sind die Bauern auf die grüne Revolution gekommen, nach ständiger Bearbeitung durch den Ingenieur Agronom, den Herrn Änscheniör, der hat's ihnen erzählt, von der Wirtschaftlichkeit, vom Ertrag, vom Zentner pro Hektar, der hat's ihnen gegeben bei Weissem und Hamme und Rösslistumpen, potz! Darauf wurde gedüngert und umgestellt, Milchwirtschaft und Futtermittelanbau, oder nur Getreide. Spezialisierung, das war's.

Danach kamen natürlich die Erträge, das ist klar, das ist ja die Wissenschaft, und die staatlichen Zuschüsse, bald einmal, nach ständigem Einsenden von Erdproben an geheimnisvolle Institute; die Überdüngerung, da musste man bald einmal aufpassen wegen dem Biologischen, die Leute kamen auf das Biologische, das Bilogische, wie die Gotte sagte. Doch mittlerweile hatte sich der Dünger Hauert Engrais ausgebaut, das Schulhaus geschluckt; meterhoch erhob sich nun zwischen Bahngeleise und Strasse, anschliessend an das Güterareal des Bahnhofes die Dünger-Hauert-Engrais-Lagerhalle nach ökonomischen Prinzipien. Der Mehrertrag und die staatlichen Zuschüsse sind wohl in die glücklichen Tresore des Herrn Dünger-Hauert-Engrais geflossen, was wohl der Zweck der ganzen Entwicklung war.

Der Dünger-Hauert-Engrais hat sich entwikkelt in Suberg. Der hat wohl das Schulhaus gekauft, das alte, und hat seine Lagerhallen auf das ehemalige Schulhausareal ausgedehnt. Das Schulhaus ist natürlich nicht mehr tragbar gewesen zwischen Eisenbahn und Strasse.

Die Kinder des Dorfes standen zu ihrem Schulhaus, das war das Erstaunliche. Sie sagten: Das ist unser Schulhaus, dort steht unser Schulhaus. Sie waren ausgesprochen schulhausfreundlich, unverständlich für den städtischen Ferienbub. Man ging dorthin, um in einem kleinen Hof Fussball zu spielen, oder man zeigte die Hockeystöcke vor, denn im Winter wurde gespritzt. Sie sagten: Das ist unser Lehrer. Ohne Nebengeräusche, völlig selbstverständlich, das war das Unverständliche. Das Schulhaus war klein und baufällig, gebaut im Streifen zwischen Strasse und Eisenbahn, wirklich unglücklich plaziert, das sah man ein, jeder Einwohner sah das ein, nach fünfzig Jahren Unterricht, nachdem schon die Väter von ihren Vätern her wussten, dass der Standort des Schulhauses nicht der beste war. Dass es weg musste, das war jedem klar. Es musste ein anderer Platz für das Schulhaus gefunden werden; eine langwierige Ausmarchung wurde es, wer mit dem Landverkauf an die Gemeinde den Schnitt machte. Es war schliesslich der Suter, wer denn sonst? So wurde das Schulhaus, dem eine ganze Gemeinde nachtrauerte, abgerissen, hinterliess eine hässliche Lücke zwischen Strasse und Eisenbahnlinie, die hastig aufgefüllt wurde mit der schnellen Stahlkonstruktion zuhanden von Dünger-Hauert-Engrais, der so der Gemeinde den neuen Schulhausgrund bezahlte und den Suter glücklich machte. Das ist eben der Fortschritt, die Entwicklung, und ein neues Schulhaus entstand auf Suters Matte, der Zeit entsprechend mit etlichem modernen Aufwand, man wollte sich ja nicht schämen müssen und stimmte deshalb dem ungeheuren Abrissbudget freudig zu.

Drüben unten die tiefgelegene Moosmatte und die alten Häuser. Herrschaft! Dort die alte Mühle, die ehemalige Mühle, welche die Wasserkraft des Lyssbaches nutzte. Ich wurde aus dem komplizierten, ruinenhaften Bau nie richtig klug, denn da standen Mauern frei herum, Ziegelhaufen, improvisierte Schuppen, die sichtlich einen Zusammenhang gehabt haben müssen, und die Garage war offensichtlich auch gar keine gewesen. Und seltsam, wie der Bach unter dem Grundstück durchfloss, er kam aus der Ecke, von der Moosmatte mit den Abbruchhäusern her, breit und klar, flachwässerig, ging unter der Strasse durch, der Strasse nach Seedorf, das musste er ja, aber dann wurde es plötzlich unübersichtlich. Der Bach verschwand. Irgendwo hinter dem Haus, zwischen Hühnerhof und Staudengebüsch, kam er wieder zum Vorschein, tief und schmal und schnellfüssig, als wolle er so schnell wie möglich verschwinden, als habe ihm jemand etwas angetan. Was war geschehen? Da sei eben die Mühle gewesen. Der Götti machte mich auf etliche Merkpunkte aufmerksam: den Lift im Schuppen, ein richtiger Einmannlift, da stellte man sich auf ein Brett, hielt sich mit der einen Hand am dicken Seil fest und sauste hoch, von unsichtbaren Kräften gehoben. Und das Mühlerad, das sei hier gewesen, aber das sei nicht mehr nützlich gewesen, eben, sie haben die andere Mühle gebaut, die sei wirtschaftlicher. So sei diese Mühle eingegangen, das sei nun mal so, und wenn das nicht so gewesen wäre, so hätte man auch nie die Gelegenheit gehabt, die Karren und Anhänger unterzustellen, den Dieseltank und die Kartoffeln. Wo hätte man mit den Kartoffeln hin sollen? Übriggeblieben die Säcke, Berge von Jute- und Leinensäcken mit verschiedenen Aufdrucken, zum Teil auch solche, die an kriegerische Zeiten erinnerten, mit farbigen Streifen, die alle einmal ihre Bedeutung gehabt hatten. In diesen Sackbergen sassen die Mäuse, ganze Mäusekolonien, Mäusevölker, die dort jahrelang ihren Betätigungen nachgegangen waren, bis zu dem Zeitpunkt, als Götti Fritz dem Kind aus der Stadt, seinem Göttibub, den Auftrag gab, die Säcke zu ordnen, zusammenzulegen und gebündelt aufzuschichten. Da hatte die Mäuseherrlichkeit ein Ende. Die Knabenherrlichkeit aber auch. Denn da musste vor versammelter, grinsender Dorfjugend, zu allem Unglück auch noch vor den beiden Sutermädchen, die schon Brüste hatten, bewiesen werden, dass Angst vor Mäusen eine dem als weichlich, weltfremd und schwächlich eingestuften Knaben eine völlig unbekannte Gemütsregung war. Also auf zum frohen Mäusejagen mit all den sadistischen Widerwärtigkeiten, die unter Kindern als Gipfel der Abgebrühtheit galten.

Das Transformatorenhäuschen, und hier unten, der Laderampe gegenüber, die Weide, die Kälberweide; sie ist nicht so steil wie in der Erinnerung. Am steilen Bord, zwischen Strasse und Bach, eine bescheidene Hostatt mit schrägen Apfelbäumen, diente eine mit elektrischen Drähten abgegrenzte Ecke als Kälberweide. Götti Fritz sagte: Berühre den Draht einmal! Ich wagte es nie, wohl aber einige besonders kecke Kälber, die mit rumpeligem Krausenacken unter dem Draht durchschloffen und im Bach herumstapften, bis vom

Bahnhofvorstand das Telefon kam, es seien dann wieder die Kälber ab. Diesen Tieren wurde ein böses Drahtgestell an die Nüstern gebunden, das sie lehren sollte. Doch im Frühjahr, wenn die Kälber zum ersten Mal aus dem Stall kamen, in den Sonnenschein, auf die Matte! Das war ein Springen, ein Füsseverwerfen, ein Kopfschütteln und Luftsprüngevollführen! Man konnte ihre Freude nachempfinden. Wir Kinder schlüpften unter dem Draht durch und rannten den Kälbern nach, imitierten deren Rennstrecke, schlugen Haken wie die Hasen, johlten und holeiten. Das Lustige daran war, dass die Kälber in ihrem Übermut darauf eingingen; sie spielten Fangis und Blinde Kuh. Der Bahnhofsvorstand kam über die Strasse, zog seine Uniformmütze vom Kopf, kratzte sich die Glatze und lachte zusammen mit Götti Fritz, der sagte: Jaja, der Frühling!

Es geht hinunter. Wir kommen am Laden vorbei. Der Laden an der Steigung, der Krämerladen der Tante Schülie, Julia Wiedmer, Witwe und Krämerin seit Menschengedenken. Der Stutz, sagte man, Garn und Wolle, Maggi-Suppe und Ovomaltine, Makkaronen und Reis California, Taschenlampen und Kälberstricke, Schuhe und Würste, Stumpen, Schokolade und Bier und was die Bauern sonst noch alles nicht selber hatten und doch brauchten.

Der Bach, wo die Soldaten Manöver hielten und einander erschossen. Schon der Suter hatte etwas gesagt, tags zuvor, von Einquartierungen, von Manövern, und in der Nacht hörte man Kettengerassel, wollte aufstehen und nachschauen, doch Götti Fritz kam und sagte: Bleib und schlaf! Was ist? Das sind Panzer. Panzer! Welch geheimnisvolles Wort! Panzer, das rasselt und quietscht, knarrt und schleift. Aber aufstehen durfte man nicht. Andermtags, man hatte tief geschlafen und den ganzen nächtlichen Spuk vergessen, stand man auf und bemerkte auf dem Strassenbelag mysteriöse Ornamente. Man erinnerte sich wieder an die Geräusche. Ja, und was ist denn! Alles voller Leute! An allen Ecken standen sie, in groben, unförmigen, grünen Uniformen, mit Helm und Gewehr, Patronentasche um den Bauch, blickten umher, rauchten hinter der hohlen Hand, zum Teil sassen sie im Schopf auf der Scheiterbeige, einer lag sogar zuoberst auf den Scheiten und schnarchte, obwohl es schon empfindlich kalt war. Im Schuppen stand so einer, ein grüner Panzer, füllte alles aus, so dass man an der Seite gar nicht mehr durchkam, richtete sein riesiges Kanonenrohr direkt auf den Hühnerhof.

Herrschaft! Das Frühstück schlang man herunter, dass die Gotte ganz böse blickte, denn es geschah doch Ungeheuerliches! Auf der Terrasse der Beiz hatten sie eine eigenartige Maschine aufgestellt; zwei Soldaten lagen gelangweilt dahinter, unter einem Gartentisch. Was ist denn das? Und das Fernrohr darauf? Darf ich einmal durchblicken? Man durfte. Doch man sah nur Strassenbelag. Ein Maschinengewehr ist das? Und wozu ist das gut? Die Soldaten waren es leid, die blöden Fragen der gaffenden Kinder zu beantworten und jagten sie weg. Weg hier! Wir müssen aufpassen! Es ist Krieg! Schon kamen die andern. Vom Bahnhof her. Die hatten weisse Bändel an den Helmen, daran konnte man sie erkennen. Jetzt wurde geschossen. Potz! Mit dem Maschinengewehr auch, aber nicht richtig, sie waren nicht tot, sie zogen nur den Helm vom Kopf, und das so schnell wie möglich, denn dann konnten sie sich ans Bord setzen und sich ausruhen.

Einer beharrte darauf, dass ich ihm bei der Tante Schülie ein Bier hole, und grad, als es am spannendsten war, drückte er mir beharrlich Geld in die Hand. Doch ich wartete noch zu. Denn einer passte mit einer Pistole den andern ab. Hinter Suters Haus verschanzte er sich, hinter der Scheiterbeige, und sobald die andern um die Ecke gelaufen kamen, etwa sechs oder sieben, imitierte er das Geräusch der Schüsse, päng-päng-päng, weil er keine blinde Munition für diese Waffe hatte. Die Getroffenen sahen ein, dass es sie erwischt hatte; sie lachten und zogen ihre Helme vom Kopf. Da waren noch zwei, einer lag unten am Bach im Gras, der andere oben im Strassengraben. Beide schossen aufeinander. Jeder verschoss sein ganzes Magazin, sorgfältig gezielt, und jeder behauptete, der andere sei tot. Den hat's! sagten beide und zeigten aufeinander. Da kamen zwei Schiedsrichter, etwas bessere Soldaten, die zugeschaut hatten, und entschieden dann, völlig zu Unrecht, dass es den unteren habe. Der war natürlich nicht einverstanden damit. Er zog seinen Helm nur widerwillig ab, fluchte und maulte noch lange über die ungerechten Schiedsrichter. Doch im grossen und ganzen war der Krieg vorbei; ich holte dem Löl das Bier bei Tante Schülie. Die Soldaten lümmelten noch den ganzen Tag herum, und der Suter tat sich mit Götti Fritz zusammen wegen der Schäden.

Ein Gartenhaus. Ein Jugendstilgartenhaus. Ein Gartenlaube-Gartenhaus. Hier einer, der seinerzeit mit dem Autohandel angefangen hatte. Es war ganz einfach. Er stellte seinen alten Opel Olympia mit den blauen Streifen, von dem man im Dorf sagte, dass schon Wilhelm Tell damit den Gessler überfahren habe, und den man nicht einmal vor die Haustüre geschissen haben möchte, auf das Mättchen zwischen Haus und Strasse, wo die Hühner sich ihre Würmer suchten, schrieb auf einen grossen Kartondeckel 'Ogasion' und wartete. Das war, als er in der Rekrutenschule war und sowieso nichts arbeitete. Bald einmal fuhr einer vorbei, der anhielt und das vom Doppelvergaser glaubte und von den hundertachtzig

Stundenkilometern und den nur vierzigtausend Kilometern, von den neuen Bremsbelägen, von all der Sorgfalt ganz zu schweigen, und ihm den Opel abkaufte, bar auf die Hand.

Es gibt eben Leute, denen ist nicht zu helfen. Die Dummen sterben eben nie aus. Manche Leute lernen's nie: Das waren die Meinungen im Dorf. Er aber hatte nun den Dreh raus. Nach dem Opel kamen gerade zwei: Ein abgehalfterter VW und ein blinder Mercedes. Auch die gingen weg, in Windeseile, und zu meiner Beschämung muss ich sagen, dass der todkranke VW an meinen ureigensten Götti Fritz ging. Danach kamen zwei Fiats, ein Volvo, zwei Motorräder, ein Ford und sonst noch was. Und er, der gerissene, arbeitsscheue, schlitzohrige, völlig danebengegangene, leutselige Schnuderhung, der sich nun Albert Ehrismann Autohandel nannte, sass daheim und lachte sich einen Schranz in den Bauch. Das Geschäft lief, ohne dass er je einen Finger zu krümmen brauchte. Die Ware wurde zusehends besser, neuwertiger und teurer, preiswerter, wie sich der Autohändler ausdrückte. Zum Schluss waren die Fahrzeuge fast neu, und er heirate eine Sekretärin, die ihm dann den ganzen administrativen Kram gratis und franko erledigt. Jetzt war er reif für den Gemeinderat, als freier Unternehmer, geschniegelt, mit Zigarre, und führte das grosse Wort. So geht das.

Landwirtschaftliche Genossenschaft Grossaffoltern und Umgebung. Die Bahnlinie verfolgt einen jetzt auf der andern Seite. Das Holzlager. Dieser Riesenkran: sie haben ihn neu gestrichen. Da vorn die Abzweigung nach Seedorf, ach, nein, zuerst noch das Holzlager. Das war das Bubenparadies. Der Geruch von frisch gesägtem Holz. Das Gefühl, wenn man über die sauberen, etwas aufgerauhten, aber samtenen Flächen strich! Die Holzabfälle, die man sammelte, es wurden Schiffe daraus und Brücken über den Bach, Wasserräder, Baumhütten, Schwerter und Gewehre. All die komplizierten Verstecke, die man sich einrichten konnte. Latten und Laden hatte man zur Verfügung, solange der Gerber nicht kam und brüllte. Die Hetzjagden, die Kinderhatz rund um die Holzstösse, über die aufgeschichteten Bretter hinweg, die Kletterpartien und, wenn Gerber gut aufgelegt war, der Ritt auf dem kleinen Schiebewägelchen vom Lager in die Sagi. Die monströsen Sägeblätter, der infernalische Lärm, wenn sie in Gang gesetzt wurden und die dicken Tannen-, Buchen- und Eichenstämme zersägten, sich in sie hineinfrassen, in geduldigem Auf und Ab, als wären mächtige Baumstämme ein Kinderspiel. Vor allem der Lärm! Der Gerber war taub. Sein Leben lang hatte er von morgens bis abends das Gekreische und Geschabe hören müssen; jetzt hörte er nichts mehr. Völlig nutzlos, ihm etwas sagen zu wollen. Er hatte immer seine eigene Meinung. Saugofen! Vaganten! waren seine Standardbezeichnungen für gaffendes Kindergesindel. Aber zwischendurch war er fantastisch. Er liess den Kindern das Holz. Holz, das war seine Philosophie, Holz war alles. Vom Holz, zum Holz. Holz ist nicht einfach Holz. Holz kann sprechen, erzählen, von guten und schlechten Jahren, von Krieg und Frieden, von guten und bösen Menschen.

Jetzt die Lehnmühle. Hans Christens Lehnmühle. Sägerei Hans Christen. Von Suberg Grossaffoltern und Umgebung.

Holz. Bauholz. Schürch. Aebi Lyss. Autos überall. Kredit, Credito, Crédit, ein grosser Beschiss. Garagen. Alfa Romeo. Citroën. Velos Motos. BP. Die neusten Citroëns sind fahrbereit. Das haut hin. Fiat. Abfallkübel. Silent Gliss. Heinz Marti & Co. Zwischendurch wieder eine ganz andere Welt.

Die alten Wohnhäuser aus den fünfziger Jahren des letzten Jahrhunderts. Danach sogleich wieder andere Konstruktionstechniken, aus Profileisen und Glas.

Den Wasserläufen wurde man Herr, ebenso dem Sumpfland und den Krankheiten. Die Bahn kam, grossartiges Ereignis, bewundert und gehasst, plötzlich war da die Bahn, eine richtige Eisenbahn, Dampfschnaubkreischbahn. Das Menschenmaterial war billig zu haben, sowieso alle verarmt, Lumpenvolk, Wasserkraft war auch vorhanden; flugs wurden unerhörte Gebäude hingestellt aus rotem Backstein und mit Ziegeldächern, da wurde gestaut und umgeleitet, geplant, und es kamen die ersten Strässchen, Verbindungen zum Bahnhof, die Post, die Bank, herjesses, was ist denn das schon wieder? Das Volk strömte in die Fabriklein, zwölf, vierzehn Stunden, für eine Flasche Fusel, auch die Kinder, die Frauen. Die Gemeinde prosperierte, man wurde wer. Die Schule wurde vergrössert, Um- und Ausbau, die Kirche, jetzt ging's erst richtig los mit der Politik; Sozial- und Wohlfahrtsausschuss und Baukommission, die sozialen Erfordernisse, und die Bauern nicht zu vergessen, die blieben wichtig, gewichtige Dynastien auf den Anhöhen. Bald einmal waren auch die Strassen ausgebaut, die Dorfstrasse, die Landstrasse, Handwerker siedelten sich an, Klein- und Mittelbetriebe, Geschäfte. Die Kaufkraft stieg.

Gebaut wurde, weg mit den vermoderten Katen, jetzt gab's Quartiere und Wohnhäuser, wie es sich gehört, dazu ein paar Fabrikantenvillen. Und jetzt? Leute kamen herzu, aus den Abruzzen und aus Katalanien, Arbeit gab's, die Preise stiegen ins Unerhörte, phantastisch und märchenhaft war die ganze Entwicklung, man wurde modern. Die Beton- und Stahlträger hielten Einzug, die Blaue Zone, und somit war die gesamte urbanistische Entwicklung eigentlich schon abgeschlossen. Bange wartet man auf die Autobahn, du meine Güte, wo wird sie wohl ihre giftige Bresche schlagen, lasst uns doch jetzt in Ruhe, um Gottes Willen! In Ruhe darüber reden möchte man zumindest, für die nächsten fünfzig Jahre.

Supercortemaggiore. Occasionen. Da hat's noch ein Vé-Gé-Lädelchen. Gasthof Bären. Zivilschutzzentrum. Gasthof Bären, Montag geschlossen. Geschäftlerei. Wie die Renommier-Beizen, Nobel-Räume für sachliche Besprechungen. Parkplätze für Personenwagen und Cars. Da wird man hinbestellt, wenn es um Geschäftliches geht, der diskrete, unauffällige, dezente, stilvolle Rahmen für erfolgreiche Abschlüsse im Bau-, Metall- und Fahrzeugsektor. Und der Versicherungssektor! Der Hermann Frey, der Herr Frey bestellt die Leute in den Bären, beileibe nicht in die Gaststube, sondern in ein separates Besprechungszimmer, zu gut gelagertem Roten, zwecks Unfallhaftpflichtkaskomobiliarfeuerdiebstahllebensversicherung. Das sind die wichtigen und seriösen Dinge des Lebens, die bespricht man heutzutage nicht mehr mit dem Dorfgeistlichen oder unter der Tür, sondern mit dem lokalen Versicherungshengst mit den pomadisierten Dauerwellen. Das fängt ganz harmlos an, mit freundlichem Geplauder über dies und das, geht über in Schilderungen, die aus dem Leben gegriffen sind, wird immer bedrohlicher, immer gefährlicher; kopflos wird's plötzlich, am Morgen aufzustehen, sich zu rasieren, ins Auto zu steigen und zur Arbeit zu fahren, unerhört riskant und nie erwartet leichtsinnig, am Mittag ins Restaurant zu gehen und Schnitzel Pommes frites zu bestellen, ganz zu schweigen vom Nachmittag, wo der beängstigenden Gefahren kein Ende mehr ist. Und erst der Abend! Vom Abend kann man schon gar nicht mehr laut sprechen! Da erübrigt sich jede Diskussion, jeder Zweifel, es muss umgedacht werden, und zwar gründlich, versicherungsgünstig, bevor es zu spät ist, denn heute abend könnte es schon zu spät sein! Dann geht alles ganz reibungslos, man wird wieder fröhlich. Erleichtert gibt man sich die Hand, und fast übermütig begibt man sich nach Hause, denn ein neues Leben hat begonnen, ein neuer Lebensabschnitt, unter der schützenden Hand dieser und jener Versicherung. Die computerisierten Einzahlungsscheine kommen erst später, wenn man all die Ängste bereits vergessen hat, man wundert sich, wozu dies alles, habe ich wirklich? Habe ich nicht missverstanden?

Wir kommen nach Lyss hinein. Die Kirche, die Hütten, der Bach, die Mühle. Man kann das alte Dorf noch einigermassen rekonstruieren, wenn man den Wasserläufen nachgeht. Die Bäche waren seit jeher ein Problem, unberechenbare Überschwemmer, Mitreisser, Verschlinger, Umwerfer, Einstürzer. Immerhin kam die Aare dazu, früher, neben dem Lyssbach, den man erst spät tief in eine Rinne zwang, wo er sich stillhalten musste. Doch die Aare, flach und breit, mal massig und gefährlich, mal rinnsälig und stümperhaft, dass sich die Forellen auf den Kopf stellen mussten.

Der Kupferstich! Die Kuh und die Geiss; die Kuh in ihrer unerschöpflichen Stumpfheit bis zum Bauch im Wasser, sucht wohl zu fressen, mit hängendem Rücken, glotzt ans andere Uferbord mit dem frischen Grün. Die Geiss ist klüger, treibt sich am Kieselstrand herum, meckert und knabbert am Weidenzeug. Und das Mädchen, etwas dahinter, mit dem biegsamen Zwiesel in der Rechten, barfüssig, der fransige Rock bis zu den Waden, hütet wohl das Vieh und die Gänse, die sich im hohen Ufergras herumtreiben. Das Martheli oder Bethli, zwölf oder dreizehn, gerade an der Grenze zum Umgelegtwerden, noch haben sie die Burschen nicht ins Heu geworfen, oder doch schon?

Die armseligen Häuser, keine stolze Barockbaukunst, niedergeschlagene Strohhütten mit Balkengekreuz, Düsterhütten mit offenen Feuerstellen, fauligem Dachstroh oder spröden Holzschindeln, Dachtraufen auf Hüfthöhe, planlos verstreut im Flachen, Dorf Lyss geheissen. Nur wenige solide Häuser tonangebender Besitzer mit Bernerwägeli und ordentlicher Kleidung, doch in grösserem Rahmen unbedeutend wie das mickrige Dorf ohne Geschichte und ohne Zukunft. Armseliges Lümmelvolk, armengenössig die halbe Gemeinde, niedrige Lebenserwartungen in ungesundem Flachland, mickrige Viehhabe, Kleintierhaltung, das Land ziemlich wertlos. Wenig Handwerker. Wer will da schon leben, in dieser tristen, nebligen, ungebildeten, kulturlosen Ecke des Kantons Bern?

Pizzeria. Nicht die Spunte für das Ausländervolk, wie sie in grösseren Städten üblich ist, sondern die Gigolo-Beiz für die Genüssler: Dekoration ist Massenware, Antiquitäten aus dem Piemont und aus Plastik, in Hong-Kong hergestellt. Zitronen, Tabak, Pfefferschoten, Würste und Käse hängen von der Decke herunter und schwindeln überschwängliches italienisches Landleben vor. Pizza Margherita, Capriciosa, Al Pescadore, Quatro Stagione und was der Erfindungen noch sind. Dazu als Wein deklariertes Gift in falschen Karaffen und Preise, die den Stolz eines ganzen Gewerbes symbolisieren. Da gehen sie hin, die Unkonventionellen wie die Konventionellen und die Individuellen. Da gesellt sich Shop-Kleidung zu lässigem Gourmet-Getue.

Käserei. Spezialitäten. Dry net. Kantonalbank von Bern, das massivste Gebäude, Marmorimitation. Der Schützen. Coiffeur. Parfumerie. Dekor Ky. Die grossen Glasfronten, in ehemalige Sattler-, Polster-, Schreiner- und Glaserwerkstätten eingebaut, der Riegelbau verschämt hinter Kunststoffplatten versteckt und verschraubt, mit modernistischen Neonlicht-Schriftzügen. Zuerst weiss man nicht, wo die Tür ist, aber dann öffnet sie sich, wie von Geisterhand, Hut ab und dämpfender Teppichboden, dass man gleich die Schuhe ausziehen möchte wie in der El-Aksha-Moschee und sich am liebsten entschuldigen würde. Der Mode-Discount. Enicar. Pullita secco. Es geht schneller, es ist teurer. Aber das gleicht sich wieder aus. Weil es teuer ist. Je teurer, desto berechtigter. Jetzt haben sie hier sogar einen Hilfspolizisten.

Der Hirschenplatz. Da wird immer noch gebaut. Wieder diese Rohre, Plastikrohre, schwarze. Kanalisationsrohre. Der Bagger auf dem Hirschenplatz, der reisst den alten Asphalt auf; die Strasse muss ein neues Bett haben, eine neue Unterlage. Wir kommen zum Hirschenplatz hin. So wird also Aushub gemacht und wieder aufgefüllt, gestampft und planiert, geflickt und asphaltiert; bunte Strassenarbeiter beherrschen die Örtlichkeit und die umliegenden Wirtschaften. Es wird spanisch und italienisch gesprochen, denn Spanier und Italiener bauen den Schweizern die Strassen.

Die Kreuzung ist tückisch. Von überall her kommen sie, wenn sie kommen, und wenn sie kommen, dann kracht's. Vom Konsumparkplatz her, von Aarberg her, von Busswil und Büren her, dann vom Hirschenparkplatz her, vom Bahnhof her und von Bern her. Endlich sind wir vorbei. Wieder Profilstangen, Häuserlücken, Parkplätze, Häuser und Autos. Tea Room Reichen. Da ist auch ein Super-Discount. Coiffeur Eggli. Peter Fischer. Tea Room Spatz. Das sind die Restaurants, die sich alle gleichen. Selectron. Wir finden Ihren Partner elektronisch! Für zweitausend Franken. Wählen Sie Ihre Lieblingsfarbe aus! Sehen Sie gern gute Filme? Gehen Sie ab und zu ins Theater? Bevorzugen Sie Diskussionen über Haustiere? Sind Sie sportlich? Wie schätzen Sie sich ein? Wie soll Ihre Traumfrau/Ihr Traummann aussehen? Lieben Sie Gemütlichkeit? Schlafen Sie bei geöffnetem oder bei geschlossenem Fenster? Bitte füllen sie unseren wissenschaftlich geprüften Testbogen noch heute aus und senden Sie ihn an uns. Frankieren nicht nötig. Unser betriebseigener Computer wird Ihnen zehn zu Ihnen passende Partner vorstellen und anschliessend können wir die näheren Untersuchungen vornehmen. Auf in eine glückliche Zukunft! Das Geschäft läuft, das zeigt der Inserateaufwand. Oft wird es wohl Neugier sein; das Geschäft lebt zu fünfzig Prozent von der Neugier der Leute. Und von der Geistesarmut. Zwanzig Prozent. Und von der Geilheit. Zehn Prozent. Und die restlichen zwanzig Prozent? Verzweiflung.

Aral Automatic, 88/92, Solothurn rechts, aber wir gehen geradeaus. Metzgerei. Alkoholfreies Höck. Die Sonne neben der Kaserne. Schon wieder Kaserne. Das sind die Rekruten der Reparaturtruppen. Ich kenne die Leute. Die Höheren, bis hinauf zum Oberstleutnant, treffen sich zuweilen im Spatz und ärgern sich über schlechtes Wetter, das den Helikopterflug ins Skigebiet verhindert hat. Sie sind aber nett, grüssen höflich und fragen, ob es erlaubt sei, sich an den Tisch zu setzen. Die Soldaten schlendern gemächlich durchs Dorf, auch mitten am Tag, belegen auch entferntere Beizen, tragen meist den Gürtel offen und den Hut hinten und scheinen sich zu langweilen; auf alle Fälle sehen sie nicht gestresst aus. Ihre Kaserne: Ein Mittelding zwischen Schulhaus und Militärmuseum, mit flotten Flabbunkern, Betongugelhöpfchen, Wachhäuschen, oder vielleicht Kasernenverteidigungsstützpünktchen mit Schiessscharten wie im Schloss Chillon, woran sich offenbar ein arbeitsloser Architekturgrossvater saniert hatte und endlich heiraten konnte. Wie dem auch sei, man sieht, überall ist die Armee, wachsam ist sie und unerschütterlich in ihrem verfassungsmässigen Auftrag, glaube ich, hoffe ich, obwohl das natürlich nie so gemeint war. Natürlich ist die Armee das Mittel zur Beherrschung des Landes. Doch die Beherrscher wussten ihre Herrschaft in hundertfünfzigjähriger Erfahrungssammlung geschickt zu verteidigen, so dass alle zufrieden waren. Schlaue Versöhnlichkeit. Wenn das nicht politische Klugheit ist, was ist das denn sonst? Einmalig in Europa, ein Grund, stolz darauf zu sein.

Jetzt warten wir. Diese Umleitungen geben dem Verkehrsfluss zu schaffen. Bangerter Lyss. Elemente. Rechts die letzten Hochhäuser.

Jaime, Esterel, Esmeralda, Maria und Giuliana heissen die Leute, die mich zum Abendessen eingeladen hatten. Der Arbeitgeber, so heisst das hier perverserweise, der Arbeitgeber hatte sie in die betriebseigene Dreizimmerwohnung gesteckt. Jaime und Esterel in ein Zimmer, weil sie verheiratet sind. Ein scheues Paar aus der galizischen Landschaft, Analphabeten; er arbeitete in der Küche und sie in der Wäscherei. Dann Esmeralda, die Schwester von Esterel, unförmig und rassig, poetisch und romantisch, erotisch und verführerisch, im kleinen Zimmerchen; sie arbeitete ebenfalls in der Wäscherei und wurde von ihrer Schwester unter Kontrolle gehalten, obwohl sie der Vater mitgeschickt hatte, um das junge Paar unter Beobachtung zu halten und jährlich nach Galizien zu rapportieren, wie es den Töchtern in der fernen und bösartigen Schweiz gehe, insbesondere, ob Jaime seinen Pflichten als Mann, als Ehemann seiner Tochter, nachkomme. Doch Esmeralda konnte keine Briefe schreiben und Jaime konnte seine resolute Esterel nicht befruchten, denn nach

Feierabend gab sie den Ton an, regierte als einziges weibliches verheiratetes Wesen die Haushaltung und befahl den Mitbewohnern zu Bett zu gehen, wenn es an der Zeit war, insbesondere ihrem Ehemann, der immer kleinlaut beigab und es schon gar nicht mehr wagte, ihr zu widersprechen, geschweige denn, sich ihr zu nähern. So sass er einfach da, lachte aus seinen Zahnlücken den Besucher an, rauchte Adler-Zigaretten am laufenden Band, aguilas hiessen die, trank Feldschlösschen Dosenbier und sagte kein Wort. Die Adler-Nägel waren mörderisch.

Im anderen Zimmer, der gemeinschaftlichen Stube gegenüberliegend, war italienisches Territorium, da regierten die Leichtigkeit, die Poesie, der Witz und die Geschwätzigkeit der Abruzzen, Madonna! Ein ständiges Kichern und Scharwenzeln, das, offen gestanden, doch niemals offen gesagt, der spanischen Strenge sehr widersprach und oft heftiges Missfallen erregte. Da wohnten Maria, die feiste und melotragische, die in der Gärtnerei arbeitete, ständig dramatische Filmbildromane las und immer in der Ungewissheit darüber gelassen wurde, ob sie nun attraktiv auf die Männer wirke oder nicht. Im gleichen Zimmer schlief Giuliana, das abruzzesische Vögelchen, das träumerische hasch-mich-halt-mich-Bildchen, unberührtes Rehlein, erfrischend, erquickend, seidig, gedichtig und samtenen Gemüts. Sie hat mich da hinaufgeschleppt, in den siebten Stock eines Lysser Hochhauses, in eine Gastarbeiterunterkunft mit notdürftiger Möblierung, und die Gesellschaft hatte mir zu Ehren ein Nachtessen zusammengestellt, doch nicht, wie es sich herausstellen sollte, raffinierte panierte Hahnenkämmlein und warmer Barbera oder gekochte Gambas und rauhes Brot mit spritzig-frischem Clarete, nein, mir zu Ehren glaubten alle, ihre Grossmutter verleugnen zu müssen und stellten tatsächlich Wiener Schnitzel und pommes frites auf den notdürftig geschmückten Campingtisch.

Nach dem Essen die Klagen. Mit Recht. Schlechte Behandlung, schlechter Lohn, Ungerechtigkeiten Tag für Tag, jede Stunde, entwürdigende Situationen für Menschen, die noch Würde kennen. Ich weiss. Die Schweizer sind unbegreiflich, sicher. Du kannst dir nicht vorstellen, wie die Schweizer sind! Gemein können sie sein, dreckig, mistig, vagantisch, verbrecherisch! Wir sind doch auch Leute, oder? Aber das zählt hier nicht, du bist nichts, wenn du spanisch oder italienisch sprichst, nichts, ein Scheissdreck! Sicher, wir wissen das; wir erleben das jeden Tag. Die Schweizer sind ungerecht; bei denen zählt nur das Geld, nur das Verdienen, i soldi! Wie recht ihr habt, liebe Freundinnen, euer Zorn ist berechtigt, ich weiss das.

Noch einmal: Bank Change Seeland Skicenter TV Hifi Reichen Robert Bürgi Stilmöbel Bernina Television Peter Fischer Depot, die Sonne, Cardinal Bier.

Wir fahren über diese Anlage. Dieser riesige Lastwagen, Aeberhard Schönbühl, Transporte Umzüge, dreht in den Industriering ab. Die Wirtschaft blüht! Industriering rechts, Sportanlagen links. Über den Bach, über die Alte Aare. Studen/Worben, das Seeland liegt vor einem, man sieht hinüber bis zum Jäissberg. Plötzlich tut sich ein Tor auf, die Alte Aare gibt den Blick frei, und während man beim Rotlicht auf der Kreuzung wartet, blickt man in eine weite Ebene hinaus, deren Begrenzung links und rechts nicht zu erkennen ist. Doch im Hintergrund erheben sich die Vor- und Haupthügel des Juragebirges, die Golanhöhen, an die heran die Fluchten stossen. Unvermutete Freiheit, keine Berge, für einmal keine Berge, eine Schweiz ohne Berge, Gottseidank!

Eine Schwemmebene grossen Stils, frühzeitig besiedelt von neolithischen Sippen, bronzezeitlichen Dorfherrlichkeiten, eisenzeitlichen Herrschaften, sich auf Hügelkuppen verschanzenden kriegerischen Stämmen, dann römisches Kalkül, schnurgerade Strassen mit Prinzip, herrschaftliche Villen, kleines Rom, Provinzantike, dann wegelagernde Horden, Sprachverschiebungen noch und noch, kriegerische Aufteilung zwischen Ost und West, Dazwischenfahren einer aggressiven Stadt, mittlerweile Versumpfung aus irgendwelchen Gründen der letzten grossen Alpendurchsiedelung durch Freischärler, die sich in Vertragslosigkeit am wohlsten fühlten, und emmentalischen Eigenartigkeiten, die den jahrtausendealten Wasserabfluss verstopften, schliesslich ewige Überschwemmungen, die Strassen und unsicheren Wege versanken im Morast, Nebel und Krankheiten machten sich breit, von denen heute, nach der grossen Entwässerung, der Nebel geblieben ist. Die Krankheiten haben sich gewandelt. Nicht Pest und Cholera, sondern Karies und Depression.

Aber jetzt rechts hinein! Abfahren auf dieser Strasse! Gut. Weg. Hinein in die Autostrasse, hinein, hinein! Gib Gas!

Werf ich von mir einst dies mein Staubgewand,
Beten will ich dann zu Gott dem Herrn:
„Lasse strahlen deinen schönsten Stern
Nieder auf mein irdisch Vaterland!"

So ist das: Er holt sie im roten MG ab. Er: gross, dunkel, sportlich, attraktiv, trägt eine braune Manchester-Jacke. Sie: wartet auf dem Parkplatz, der nur über eine geschwungene Betonrampe zu erreichen ist, blond, Jeans und T-shirt, ohne Büstenhalter, die Brustwarzen deutlich zu sehen, trägt eine grosse bunte Tasche mit allerlei Inhalt. Die beiden fahren aus der Stadt hinaus aufs Land, immer weiter hinaus, Nebelschwaden und gefiltertes Sonnenlicht, herbstliche Bäume tanzen über die Leinwand, vorbei an Wasserfällen, über Brücklein, bunten Waldrändern entlang, schliesslich steht der rote MG im hellen Sonnenschein in einer Blätterraschellichtung. Man sieht die zwei, wie sie sich neckend verfolgen, Arm in Arm über allerlei Wurzelzeug klettern, schliesslich an einen flaschengrünen Fluss gelangen. Das Sonnenlicht spielt in ihren blonden Haaren, doch: nicht, dass sich seine starken Hände jetzt unter ihr T-shirt schieben, nicht, dass sie, sich windend, seinen Hals umschlingt, nicht, dass er ihr mit einer freien Hand den Jeans-Reissverschluss öffnet und mit derselben Hand langsam unter ihren Slip fährt, nein, ganz anders: Er lehnt sich an einen Baum zurück, während sie ein Plätzchen sucht, wo sie das gewürfelte Tuch ausbreiten kann, aus der Tasche allerlei Picknick nimmt und hinüberlächelt zum Mann: der – die Kamera erfasst ihn, Grossformat – zieht aus seiner Jackentasche ein Päckchen Brunette und – Schnitt! – Brunette gross in seinen Händen – Schnitt! – zündet sich nun eine an – Schnitt! – Flamme an Zigarettenspitze – Schnitt! – zieht nun geniesserisch den Rauch ein, bläst ihn wieder heraus, lächelt zum Mädchen hinüber, die Kamera zieht sich zurück, die beiden lächeln sich zu, verschwinden hinter herbstlichem Laub, hinter buntem Buchenlaub, noch kurz das Flaschengrün.

Der Alten Aare nach, über die Autobahn, Quadrigamöbel, Datsun, Polstermöbel, Schlafzimmer: Du meine Güte, die verkaufen Kraut und Chabis durcheinander. Autobahngarage, Tea Room Sunny Corner, Sunny Restaurant, Garage Tankstelle. Nur hundert darf man fahren. All die abgefahrenen Pneus und punktierten Schläuche, ein Kautschukberg. Aber der Coop-Lastwagen ist nicht so schnell. Nehmen wir's halt langsamer. Herbstfarben. Der Boden ist herbstfarben. Die Hundefanatiker gehen mit ihren Hunden immer hier den Fahrdamm entlang spazieren. Feuerwehrmagazin, nein, es heisst Ölwehrmagazin, denn wir fahren hier auf einem Ozean von Grundwasser! Die Landschaft wird wieder weit und flach. Aber man sieht nicht weit. Die ganzen Eindrücke sind weg. Jetzt ist es leer, aber nicht unangenehm. Höchstens noch die Verkehrszeichen da. Tankwagenfahrer Achtung! Grundwasser!

Tankwagen kippen um über riesigen Grundwasserseen, leeren ihre giftige Fracht über Löwenzahn und Luzerne aus; verstörte Chauffeure klettern aus ihren zertrümmerten Kabinen, stehen herum, schon die ersten Stockungen, die Autoschlangen, die Leute sammeln sich auf den Grasstreifen, gaffen, gucken sich die Unterseiten der Tanklastwagen an, halt! Zigarette weg! Brandgefahr! Schon das Sirenengeheul von Nord und Süd, resolute Befehle, Absperrungen, Karambolagen, noch mehr Tanklastwagen, die sich hier ein Stelldichein zu geben scheinen, alles stürzt, birst, fliesst aus, alle Farben dieser Erde, Gerüche wie in Spitälern, auf Abbruchhalden, in Fabriken, in Schulhäusern. Stop! Strasse gesperrt, Katastrophe, Katastrophenalarm, Helikopter, Fernsehen, Pressekonferenz; danach die Bagger, baggern durchtränkte Erde auf grosse Haufen, Lastwagen spulen übers Feld heran, Macks mit riesigen Ladebrücken, eifrig wird das Moos umgeschaufelt, die Wasserversorgung ist vorläufig noch gesichert, sagt der Nachrichtensprecher.

Ein altes Lied! Ein neues Lied!
Schon Heine schiss es an.
Die Platte ist bei uns erhältlich.
Beide Seiten life.

Maria sass auf einem Schwein!
Einem Schwein! Einem Schwein!
Maria sass auf einem Schwein! Einem Schwein!

Ich fahre auf der Autobahn,
Autobahn, Autobahn,
ich fahre auf der Autobahn! Autobahn!

Da kommt die schöne Lisabeth,
Lisabeth, Lisabeth,
da kommt die schöne Lisabeth. Lisabeth!

Willst du mit mir autofahren,
autofahren, autofahren,
willst du mit mir autofahren? Autofahren?

Ich weiss nicht, soll ich mit dir fahren,
mit dir fahren, mit dir fahren,
ich weiss nicht, soll ich mit dir fahren!
Mit dir fahren!

Der Geschichte, dem Lauf der Geschichte nur von weitem zuschauen wollen. Wünschen, dass die Geschichte nicht wahr ist. Geschichten anprobieren, aber nur im Spiegel. So, dass mein Spiegelbild Geschichten hat, ich aber nicht. Nichts zu tun haben wollen damit. Nicht die Wege kreuzen wollen. Von der Geschichte und von Geschichten in Ruhe gelassen werden. Am Rand der Geschichte leben. Eine Geschichte wäscht die andere. Im Bedarfsfall kann ich mir alles ausdenken. Ich kann Spiegelbilder projizieren, wenn's sein muss. Aber nicht mehr. Ich will nicht.

Ich will ein Stück Landschaft sein. Ich will stillstehen, nicht strammstehen. Ich will mich nicht bewegen. Ich will ein Stück Feld sein, ein Stück Weide, ein Stück Wald. Ich will nicht behelligt werden. Nicht, weil mir andere deswegen und zu Recht moralische Vorwürfe machen können, sondern weil ich mir wünsche, dass mich nichts etwas angeht. Ich will keine Geschichten haben. Ich will geschichtslos sein.

Erleben, dieses abgeschmackte Wort, Sinnbild des Grossen Beschisses; Erleben kann man kaufen, kann man bezahlen. Ich will nicht erleben.

Erleben Sie die Weite der Prärie! Erleben Sie die Sehnsüchte Ihrer Kindheit und die Träume Ihrer Jugend! Erleben Sie die Abenteuer des Oberst Buendia in den Sümpfen Südamerikas! Erleben als Ersatzhandlung, als Zusatzhandlung, als Mangelkrankheit.

Ein Migros-Lastwagen auf der Gegenseite, gut, den sieht man schon gar nicht mehr, man sieht Krähen- und Möwenschwärme auf den abgefahrenen Maisfeldern. Es geht, ganz still, man kann ganz still rollen, in Zeitlupe und ohne Ton; zwar Abfälle am Strassenbord; man schaut nicht hin. Lombardei und Piemont. Schwarze Verfärbungen in den Äckern.

Der Anker mit der Staffelei, Skizzenblock, die Leute malen, das Leben malen, festhalten, seine Heimat definieren, sich an der Wirklichkeit orientieren, die Wirklichkeit ohne philosophischen Beigeschmack, das Liseli, das Trineli, das Bethli skizzieren, schau, das Mädchen, das Vreneli, du hast es gesehen? Du schautest verblüfft hin und riefst aus: Das ist doch Ankers Vreneli! Dieselben Augen, dieselbe Haartracht, dieselbe schlichte Kleidung; doch das Vreneli kam aus Sumiswald, pflanzte Hasch und war ordentlich verladen, wollte Handharmonika hören und tanzen, aber freien Tanz, auf Distanz, ohne Körperkontakt.

Der Gerber mit der Staffelei, auch ihn treibts durch die Landschaft, er hat allerlei französische Farbstifte in der Schachtel und auch einen Skizzenblock, auch ihn treibt's am Sonntag auf's Land, in die Landschaft. Auch er will sie erfassen, festhalten, will sie kennen. Mit viel Violett in den Bergen am Rande; dasselbe Violett braucht er auch fürs Schilf an den Seen, Buschgruppen, Baumgruppen, Vogelzeug, und eben, die Felder. Felder, Felder! Lang und breit, perspektivisch, denn so seien sie auch zu sehen, das ist eine Frage des Menschenverstandes, aus Liebe zur Heimat.

Der Maler Salvisberg malt den Bielersee, denn er kennt den Bielersee, auch er auf der Suche nach Begriffen, die malerisch auszudrücken sind, auch wenn die Begriffe vorerst fehlen. Die kleinen Segelboote schwimmen am Chasseral herum, der See sieht aus wie eine elektrische Herdplatte.

Die Aufgabe ist schwer zu meistern. Es braucht Meister dazu, Meister des Faches und Lehrlinge des Faches, die sich immer neu daran machen müssen, denn die Fragen stellen sich immer anders.

Wer zählt die Sonntagsmaler, die den Nidau-Büren-Kanal malen, während die Alte fischt, mit dem Hund spielt oder das Mittagessen auspackt? Sie malen Wasser und Bäume, Felder und Hügel, mit Perspektive, richtig, hinten ist der Kanal dünn, vorne ist er dick, so muss es sein, so soll es immer gewesen sein. Dann wird die Flasche entkorkt. Der Kanal alleine genügt nicht mehr; ein Segelboot muss noch her, eine Jacht, eine Hochseejacht, mit geblähtem Segelwerk.

Früher war das Land nichts wert. Das war für nichts. Nicht einmal richtige Strassen brachte man durch. Aus diesem Grund war es nie interessant, von Bern nach Biel zu gehen.

Wo fahren wir hin? Wir fahren von Bern nach Biel, eine erfassbare, übersichtliche Sache, wie mir scheint, ein kleines Würmchen auf der Karte.

Ölwehrmaterial; man muss halt an alles denken. Jetzt, da, wo sie immer die Geschwindigkeitsmessungen machen. Zweihundert Meter weiter kommt ein Telefon. Diese Aulandschaft; wie schön sie eigentlich wäre, wenn man nicht immer nur vorbeibrausen würde! Die Schneise, die diese Strasse gerissen hat. Das Ölwehrmaterial liegt bereit für den Fall dass. Aber das soll praktisch nicht vorkommen. Die Hornusser links, im kleinen Wäldchen, Hornussergesellschaft Busswil.

Wir kommen aus dem Auwald heraus; jetzt ist man plötzlich dem Seitenwind ausgesetzt.

Das Motorrad bei den grossen Bäumen abstellen, lachend durchs Gras stapfen, die Trampelpfade suchen, Äste und Zweige zurückbiegen, den Nesseln ausweichen, sich umsehen. Auf der einen Seite flussauf, auf der andern Seite flussab spazieren, wieder aufs Motorrad steigen, in die nächste Beiz fahren, Kaffee fertig bestellen, dazu ein dickes Schinkenbrot.

Die Freunde mit den Kindern: Feuerfaszination, Cervelats braten, Gespräche über Kinder und Fixer, Algerien, die Freunde, die nicht dabei sind, die Flasche mit dem Roten kreisen lassen, Orangen und Bananen für die Kinder schälen, übers Feuer pissen, den Abfall einpacken, nach Hause gehen, den rauchigen Pullover auf den Balkon hängen.

Alleine hingehen, ohne Absicht, nur um zu sehen, ob alles noch so ist; die Trampelpfade abschreiten, wo ich damals mit dir, mit der Rute, mit den Freunden. Es ist alles noch genau gleich. Es ist alles ganz anders. Nachdenken.

Drüben rechts die Eisenbahn. Wagen, mit neuen Autos beladen, die warten, dass sie verkauft werden. Eine Art Entwicklungshilfe entstand unter amerikanischer Regie; die Söhne der Rucksackbauern lernten drehen, fräsen, schleifen, schweissen und lackieren in den General-Motors-Hallen, Autos wurden zusammengesetzt, Montage Suisse, bis die Schweizerlöhne die andern überflügelten: Rückzug nach Detroit oder sonstwo hin. Da hiess es: So, jetzt ist Schluss. Erstaunen überall. Sozialplan, der keiner war. Adiö, meine Lieben. In Zukunft wollen wir nur noch Autos verkaufen, nicht mehr zusammensetzen. Es wird ja noch gekauft. In den leeren Montagehallen soll jetzt ein Kaufhaus entstehen, ein Shoppingcenter, oder was anderes. Da werden die Leute Matratzen kaufen, Bettgestelle und Daunendecken, damit sie besser schlafen können. Die Eisenbahnwagen voll neuer Autos, wie aus dem Ei gepellt.

Wir befinden uns in der weiten Ebene. Es ist schön. Es ist schön, wenn es flach ist, wenn es keine Berge hat. Es ist schön, wenn die Strasse flach dahinverläuft. Berge ringsum, meinetwegen. Aber weit genug weg. Berge – dass ich nicht lache! Hügel, Pickel! Der Jäissberg. Angeknabbert, das ganze Gestein und Geröll ist zu verwerten.

Jetzt ein Loch im Himmel, blauer Fleck, aber die Wolken tief. Schon von weitem sieht man die komischen Strohrollen. Baumschule, alles Ahorn. Was ist das da? Studen. Der Jäissberg in den Wolken, so tief, das kommt vor. Dort das Kieswerk. Auch eine Rauchfahne. Die alten Arbeiterhäuser. Merz Amez Droz AG, Autos, Autos. Eine Baubahn; eine Eisenbahn, die sich die Schienen selbst legen kann. Apfelplantage rechts hinter dem Bahndamm. Der Prellbock am Ende des Stumpengeleises.

Fernsehantenne, Kabelfernsehen, Vierzimmerwohnung, Dreizimmerwohnung, Spannteppiche, Geschirrspüler, Nebenkosten exklusive, Nebenkosten inklusive, Parkplätze vorhanden; all das wurde plötzlich wichtig. Unter der Unterführung durch in diese langgezogene Linkskurve. Wäscherei Gianni. Chemische Reinigung. Man sieht nach hinten, in eine Ecke, die erst spät besiedelt wurde.

Wenn die jugendlichen Paare die erste Langeweile mit dem Kauf eines Häuschens überwinden, einen Vorschuss auf das bescheidene Erbe zu Hause bei ihren Eltern erzwingen, monatelang den Liegenschaftsteil der Zeitungen lesen und schliesslich dazu kommen, auf etwas ungewohnt umständlichen Wegen zu einer Siedlung zu gelangen, ob neu, ob älter, dann hat das Schuldenmachen keine Grenzen mehr, obwohl sie danach bescheiden und stolz von ihrem Haus sprechen, dessen Besitz von einer Bank zur andern übergegangen ist. Zwanzig Jahre schuften, es gibt keine Alternative. Die Cervelats ziehen wieder in die Speisezettel ein, denn natürlich ist das Haus überzahlt, um das Doppelte. Kühne Einrichtungen werden geplant, die ersten Parties werden gegeben, bis man bald einmal genug hat. Danach stellt sich die Frage: Scheiden? Oder wie bringen wir das Haus und die Kinder durch? Trotzdem wird umgebaut, neue Heizung, neuer Aussenanstrich, neue Fenster, neue Isolation, das Dach muss auch gemacht werden. Mann, die Rechnungen! Dann sitzt man da, in schöner Einfamilienzwietracht, eine nette europäische Kleinfamilie. So wird man alt, älter und älter, die Kinder ziehen aus. Nun lasst doch mal die Alten in ihrem Häuschen in Ruhe! Der Autoabstellplatz wird wieder Gemüsebeet, auch der Rasen hinten wird umgepflügt. Nach dem Tod der Eltern die Erbrechtsverfahren. Neue Besitzer. Neue Bank. Wieder Autoabstellplatz und Kinderspielrasen mit Schaukel und Rutschbahn, die nie ein Kind benutzt. Nun lass doch mal die Jungen in ihrem Häuschen in Ruhe! So bleiben die Besitzverhältnisse immer fest geregelt, und die Banken haben nichts damit zu tun. Die Leute krampfen und sagen immer wieder: Mein Haus, unser Haus. Das Dach wird geflickt, neue Böden werden eingezogen, eine Garage wird hinzugebaut, neue Fensterläden werden angeschafft, da und dort eine kleine Natursteinmauer wie im Tessin.

Rechts Ägerten. Zwischendurch ganz verloren die alten Häuser, die eigentlich gar nicht mehr dazugehören. Vorne grad hinauf der Jura, Magglingen. Die Bleibe der Sportswelt auf dem ersten Jurabuckel; Matten, Weiden, Wald und Lichtungen als imposantes Stadion, als vaterländische Kulisse gewählt.

Als wir, die Unsportlichen, zu sportlicher Höchstleistung angehalten wurden, als wir Turnhosen und Turnschuhe anzogen, kam einer ganz aufgeregt gelaufen und sagte: Jetzt hat mir so ein Muskelweib gesagt: Sie, junger Mann, Rauchen ist ungesund, wissen Sie das? Alkohol und Nikotin sind Gift für Ihren Körper! Das gab uns den Rest, und wir haben alle geraucht. Trotz der schiefen Blicke. Trotz der Missfallen kundgebenden Mienen. Wir wollen ja gar keine Sportler sein. Höchstens zuschauen, am Fernsehen, wenn überhaupt. Der Schweiss trieft, der Atem stockt, die DDR überholt die UdSSR, die BRD überholt die DDR, wieder kommt die UdSSR, jetzt die USA, mein Gott, dieser Spurt, wo nimmt der die Reserven her, aber jetzt, in der Zielgeraden, endgültig die DDR, nein!, wieder die BRD, unfassbar!, die BRD gewinnt. Zurücklehnen im Fauteuil, mein Gott, war das spannend. Gelächter. Die SUI an neunter Stelle, nicht schlecht, gegen die Weltspitze, gibt mir die Erdnüsschen rüber, wer holt mir ein frisches Bier? Schalt um auf den welschen Sender, da kommt eine Aufzeichnung.

Nein, ich mag die missbilligenden Blicke nicht, wenn sich die Sportlichkeit angegriffen oder gestört fühlt und tut, als hätte man eine Nation verraten. Man hat ja den Tonfall der Stimmen der Sportreporter ständig im Ohr, das verfolgt, das terrorisiert, das schüttelt durch, brechreizfördernd.

Evilard. Spätestens in der Einfahrt zu dieser unverbaubaren Villa in bester Hanglage wird dir bewusst, dass diejenigen, die oben wohnen, eben die Obere Klasse sind. Da tust du plötzlich etwas Verbotenes; von hier aus solltest du gar nicht hinunterblicken, das sind die verbotenen Gärten, die verbotene Stadt. Im Marmorfoyer bist du vollends überzeugt, dass es sich um einen Irrtum handeln muss; hier hast du nichts zu suchen, trotz der Freundlichkeit der Gastgeber, denen man nicht anmerkt, dass sie einen von unten geladen haben. Auf der riesigen Klinkerterrasse endlich, bei Burbon und Nüsschen, möchtest du weglaufen; du hast es gar nicht verdient, es dreht dir den Magen um, du hast Atemnot; unbefugtes Betreten des Kaiserpalastes wird mit Kopfabhauen bestraft. Trotz des gluckernden small talk kann es sich nur um eine Verschwörung handeln, eine Verschwörung grossen Stils, die Oberen gegen die Unteren, wie immer hierzulande. Ob ich den Butt gelesen habe, köstlich, dieser Grass. Eine Antwort wird gar nicht erwartet. Wenn wir's schon von den Fischen haben. Kennt ihr den? Schon hast du dich aufs Peinlichste blamiert. Hahaha, gequält fröhliches Lachen. Du möchtest dich zumindest neugierig umblicken, was da an den Wänden hängt, herumstehen, bewundern, beglotzen, ungläubig, aber das darfst du nicht, das gehört sich nicht. Es ist selbstverständlich, daran vorbeizugehen, ohne mit der Wimper zu zucken, denn man kennt ja Chagall, man kennt ja Picasso, man kennt ja diesen und jenen, und man weiss ja, dass der Herr Direktor ein leidenschaftlicher Kunstsammler ist.

Der Herr Direktor lässt grüssen, er ist leider verhindert, wie immer. Es ist wie bei den Beduinen: Solange du Gast bist, geschieht dir nichts, wenn du aber nicht mehr unter Gastrecht stehst, bis zu Freiwild. Du könntest dich zumindest hinter die Frauen machen.

Luxus, Land für Luxusleute. Die dichte Bewaldung.

Das Schätzchen hat das Fenster geöffnet, es ist aufgestanden, das schwarze Schätzchen ist aufgestanden! Schönes Schätzchen: wenn ich morgens um sieben Uhr in dieser Kurve geradeaus schaue, blicke ich direkt in dein Zimmer. Du hast soeben die Fensterläden geöffnet, das Fenster weit aufgemacht. Das Bett, das, von mir aus gesehen, links an der Wand steht, ist aufgeschlagen. Ich schaue dir für fünf Sekunden zu, wie du deine langen schwarzen Haare kämmst, vor dem Spiegel im Hintergrund des Zimmers. Oder du bist daran, den schwarzen Rollkragenpullover anzuziehen, mein liebstes Bild, wenn sich deine Brüste unter dem Leibchen abzeichnen, wenn du die Arme hochhebst, um in den Pullover zu schlüpfen. Oder du schliessest den Reissverschluss des schwarzen Rockes, manchmal ist es auch eine schwarze Hose, aber du bist immer in schwarz, das schwarze Schätzchen, das Schätzchen in schwarz. Nicht, dass du Trauer trägst, du weisst, dass für dich eine andere Farbe gar nicht in Frage kommt. Im Winter ist es mir noch lieber, denn dann ist dein Zimmer hell erleuchtet, während ich dich im Sommer meist nicht so gut erkennen kann. Ich weiss, dass deine Unterwäsche nicht schwarz ist.

Es läuft fast von selber. Brügg. Nach tausend Metern kommt Brügg.

Man fährt in eine andere Landschaft hinein, es ist nicht mehr das gleiche, es ist nicht mehr Bern, es ist anders. Fürstbistum Basel. Fussballplatz links, dort dieser Hügel, der komische, viereckige, wo einst der Fasnacht nach einer Burg gegraben hat.

Die Neugier, die Verblüffung war zuerst da. Von den Burgen her, den Ritterburgen, ging's zurück in die

Römerzeit, Bubenträume leicht gemacht, zweitausend Jahre überspringen, Nachmittage im Neolithikum, in der Hallstattzeit, in der Cortaillod-Kultur verbringen, sehen, was früher war, früher war's interessanter. Die Museen ermöglichen es, die Vergangenheit etwas systematischer anzugehen; Ausgrabungen, Schaufel und Pickel, Schäufelchen und Pinselchen, Glockenbecher, Schnurkeramik, Hirschhornbecher, Silex, Münzen mit dem Vespasian, der Faustina, Fundamente herrschaftlicher Häuser, Fragmente frühlingshafter Wandmalereien. Danach das Studium, Vorlesungen belegen, Praktika, Herr Professor Pipi, Herr Professor Gaga, allesamt Diadochen. Danach die Distanz, Weibergeschichten, Ethnologie, Marxismus und Weltpolitik, geh nach Afrika oder nach Polynesien, da siehst du die Siedlungsformen, die Sippen, das späte Neolithikum, die Bronzezeit und die nahezu repressionsfreie Kindererziehung. Mitsamt der Mystik und Rent a car. Hol dir die Syph, dann kriegst du Distanz, auch zur eigenen Landesvergangenheit, und mit dem Penizillin vergeht dir das Altertumsfieber. Das Interesse bleibt, weg ist jedoch die Kurzsichtigkeit; die professoralen Diadochen verkümmern zu getrockneten Bananen von politisch zweifelhafter Art. Die Gegenwart ist das Wichtigste, Geschichte wird endlich Mittel zum Zweck. Entkrampfte, entspannte Situation, eingedenk der verbotenen Grauzonen, und das Wissen, dass das, was im hellsten Strahlenmeer einherschreitet, nichts als Tand, Lug und Trug ist, unverdientes Märchen aus Tausend und einer Nacht. Doch niemandem sagen; Verfolgung wäre dir sicher. Nur einen klaren Kopf behalten, denn die Diadochen wehren sich mit unlauteren Mitteln. Niemand interessiert sich für die Geschichte, Punkt eins. Man ist schon längst misstrauisch geworden, lässt die Historiker palavern, Punkt zwei.

Die Hochhäuser von Brügg, das Café Safari. Service Station Neubrücke.

Es wird industriell. Nidau/Biel geht es geradeaus, Delémont/Solothurn rechts abzweigen. Tobler Heizungsbedarf. Gravor SA. Max Schlapbach Garage und der Carrefour.

Die feisten Herren, braungebrannt, in ihren guten Anzügen, wie sie aus den Mercedes steigen und sogleich die Anweisungen geben! Hier Investition, da Investition, dass ich nicht lache! Diese Gesellschaften mit beschränkter Haftung. Anonyme Gesellschaften. Die Herrschaften haben die Stadt im Griff, ein Palermo des Nordens. Wie sie bekümmert in die Zukunft blicken können, wie Bernhardiner, mit Tränensäcken unter den Augen! Wie sie gefasst dem Investitionsrückgang entgegensehen. Wie sie verantwortungsvoll husten können, dezent und elegant unauffällig zur Seite, ein Schauspiel eigener Art. Das freie Unternehmertum, wie es leibt und lebt. Daneben all die Unterhunde, die sie sorgfältig ausgewählt und rund um sich versammelt haben, die body guard, Hechelvolk mit Pieta-Geschluchze, es fehlt nur noch der Verrückte, der mit dem Hammer kommt und ihnen die Nase abschlägt. Sie lesen den Börsenteil, tägliche Pflichtlektüre, klagen über Stress und Magenbeschwerden, die armen, ja die Verantwortung, die Verantwortung lastet schwer auf ihren Schultern.

Bis es nicht mehr rentiert, dann sprinten sie ab wie ein Hundertmeter-Läufer, dann wählen sie flugs eine neue Heimat, wo die Kommunisten noch nichts zu sagen haben. Im sonnigen Tessin, im welligen Liechtenstein oder an der Brandung von Bermuda. Fehlt gerade noch, dass das zusammengestohlene Geld in die Steuerkasse dieses müden Staates mit seinen überbordenden Sozialleistungen kommt. Wir mussten auch unten anfangen, mit nichts den väterlichen Betrieb übernehmen, hatten nichts als ein bescheidenes Bankkonto, ein paar dünne Aktienpakete, sonst nichts, und überhaupt ist unser sogenannter Gewinn angemessen, wenn man all unseren Aufwand berücksichtigt, unsere harte Arbeit, unsere Risiken. Aber wir sind eben die Buhmänner dieser Nation, die von Suversiven nur so wimmelt, im Untergrund, denen nichts mehr heilig ist, denen der Besitz nichts mehr gilt, die alle Achtung niedergelegt haben. Die Polizei schaut weg, tönt's aus Santiago de Chile.

Jetzt stellen sie im Carrefour ein Rösslispiel auf, um ihn für die Kinder noch attraktiver zu gestalten. Die Kinder werden darauf reiten, während die Eltern ihr Geld für unnütze Sachen ausgeben. Was sollen sie sonst tun?

Ritter Vins. Minder, Müller Maschinen, Farbendruck Impressions Couleurs. Oh! Das klingt gut! Weber, Biella, Neher, der Carrefour mit seinem riesigen Parkplatz. Da steht Nods, Nods, eine Fabrik muss etwas Schönes sein. Ein Gründer.

Eine Dampfwalze. Eine wunderschöne, neue, gelbe Dampfwalze. Eigentlich eine Dieselwalze. Daneben ein Autoabschleppwagen.

Wir müssen abzweigen; jetzt müssen wir weg von der Strasse, hinein in die Ausfahrt! Hinein nach Biel! Hinein in diese Siedlungsform, Siedlungsneurose, hinein in diese Siedlungslandschaft, Wohnlandschaft, in diesen Dschungel, hinein in die Gespensterbahn, hinein in die organisierten Verkehrssignale. Ende Autostrasse. Ende Überholverbot. Rechtsabbiegen verboten. Brüggmoos. Fahrtrichtung. Geschwindigkeitsbeschränkung. Hauptstrasse. Nicht ins Brüggmoos, geradeaus, nach Biel. Biel. Da, das ist eine sogenannte Gemeinde Europas.

Ich möchte jetzt ein Café glacé essen.

Garage, Alfa Romeo, Ranger, Firestone, Self Wash! Car Wash! General Motors Service. Daetwyler & Co. Sanitär Heizung Lüftung Bünzli. Spenglerei. Farblanderie. Biel! 20 Hotels! 1000 Betten! Ist das nicht eine wahre Freude? Auf dem Fussgängerstreifen will einer sein Moped starten, es will nicht anspringen.

Hier ist es nicht sehr schön. Henniez Lithiné. Mitsubishi. Tiefbauamt. Avia. Wir fahren mal weiter, das ist klar, wir sind immer noch am Hineinfahren. Mitsubishi. Firestone. Friedhof/Cimetière. Jetzt wird es zweisprachig/bilingue.

Asag Garage Biel. Blaser Automobile und Automobile und Automobile. Oh! Das wird umgestaltet! Eine Beiz ist keine Beiz mehr, ein Bauernhaus ist kein Bauernhaus mehr; eine Baugrube, ein Loch in der Stadt. Helvetas hilft! Hom. Bei Hom ist alles in Ordnung. Batschelet. Für sieben Franken kann man Erikas kaufen. Ammon und von Aesch. Das Benzin kostet 91 beziehungsweise 96.

Der Kran, der nicht ein Kran sein wollte. In Frankreich sei es undenkbar, dass sich das künstlerische Leben nicht in Paris abspielt. Jeder Künstler müsse nach Paris, anders sei es gar nicht möglich. Wohl könne man sich aufs Land zurückziehen, aber nur zwischen zwei Aufenthalten in Paris. Im deutschsprachigen Raum sei dies ganz anders. Da gebe es kein Zentrum. Da spiele es keine Rolle, wo sich ein Künstler aufhalte, ob im Norden oder im Süden, in der Stadt oder auf dem Lande. Es sei hier auch jeder für sich; Künstlerzusammenkünfte seien eher selten. Eine Diskussion, ein gemeinsames Gespräch sei schwer in Gang zu bringen. Da sei jeder froh, wenn er beachtet und im übrigen in Ruhe gelassen werde; deshalb seien alle so verstreut und schwer aufzufinden. Es sei hier auch schwieriger, Kunst zu machen, denn man habe mehr Scherereien damit als in Frankreich, die Zensur und der politische Druck seien grösser. Den Künstlern fehle es hier auch an persönlichem Mut, hat man ihnen vorgeworfen. Sie seien hier viel vorsichtiger, viel zu vorsichtig. Man verstehe das, all die schlechten Erfahrungen. Das ganze kulturelle Leben finde hier statt, indem es nicht stattfinde. Ob denn dies nicht unerträglich sei?

Hierzulande ist man als Künstler zuweilen gern gehasst, eine grosse Anerkennung, ist geantwortet worden.

Verdammtes Ramschzeug. Häuser mit Balkonen in den Fassaden, weil schliesslich die Fassaden Balkone haben müssen, und weil dies den Mietzins steigen lässt. Kniemil, das ist lustig. Die Frauen machen ihre Einkäufe. Zigarettenautomat, der vom Zigarettenautomat. Unter der Eisenbahn durch. Auch wieder Zigarettenautomat.

Beck erklärte ausführlich, wie er es gemacht hatte, wohl, weil er guter Laune war. Er zeigte es vor. Zuerst stand er in der Nähe herum und beobachtete die Strasse. Da es drei Uhr morgens war, befand sich natürlich niemand auf den Strassen, noch fuhren Autos vorbei. Trotzdem blieb Beck vorsichtig. Er blickte sich lange um, näherte sich dem Automaten von der Seite und stellt sich dann in den Winkel, den der Automat seitlich mit der Ladenwand bildete. Noch einmal wartete er eine geraume Zeit, überprüfte die parkierten Wagen, die Fenster der gegenüberliegenden Häuser, holte dann einen grossen Schraubenzieher hervor und schob ihn zwischen Rahmen und Deckel. Dann drückte er kurz; er ist kräftig. Der Automat sprang auf. Schnell griff er nach der Dose, in die die Münzen hineinfallen, und leerte sie in seine Jackentasche. Er öffnete hastig den Reissverschluss seiner Jacke und stopfte alle erreichbaren Zigarettenpäckchen hinein, zog den Reissverschluss wieder hoch und ging schnell weg mit seinem dicken Bauch. Um die Ecke warteten schon die beiden Streifenpolizisten, legten ihm Handschellen an und brachten ihn mit dem Streifenwagen auf den Posten. Dann ging's schnell. In Witzwil lernte er später sein Handwerk gründlich.

Die halb heruntergerissenen politischen Plakate der jugendlichen Gruppen. Rot, rot. Wo ich all die Energie hergenommen habe, damals, frage ich mich im Nachhinein. Diese nächtelangen Diskussionen, diese Flugblattaktionen, diese Unterschriftensammlungen, diese Sitzungen in verrauchten Hinterzimmern, diese Veranstaltungen, diese Demonstrationen. Wo sind die Leute von damals geblieben, kann man sich fragen, wie man sich damals gefragt hat, wo denn die Leute bleiben, die die Strassen füllen sollten. Ich weiss es nicht. Ich habe nie etwas gewusst. Die Übriggebliebenen haben sich auf Spezialitäten versteift und sind in ihrer Art dermassen skurril geworden, dass man sie nicht mehr anhören kann.

Hier wird man böse angeschaut, gehasst. Doch kein Mensch möchte gehasst sein. Man möchte so sein wie alle andern. Deshalb ist man heute abgeholzt und abmontiert, isoliert und korrigiert. Man fragt sich jeden Morgen beim Erwachen neu, ob man heute nacht nicht doch eine schwarze Hautfarbe bekommen habe, ein Neger geworden sei.

Die Angst, ein Neger zu werden.

Es gibt noch die Stadtindianer, das ist das letzte listige Happening, kurz vor der endgültigen Entwässerung oder Kriminalisierung. Aber was soll's? Die Wasserfälle haben nie ganz unrecht. Die Zyklonen ergötzen die Kinder. Die Tannenbäume waschen ihre Hände in Unschuld. Die Testkilometer fressen sich durch die Waschbecken der Zukunft. Die Wegweiser schützen sich vor Sonnenbrand. Die Kentauren essen Cornflakes mit Erdbeermilch. Die Zuckerwatte beteiligt sich an der Glückslotterie. Die Konferenztische laufen hundertzehn Meter Hürden in zwölfkommanull. Hört ihr Herrn und lasst euch sagen. Gute Nacht, Rotkäppchen.

Jetzt unter der Eisenbahnlinie durch, die nach Solothurn führt, die uns nach Solothurn bringt, auch so ein Museum. Migrol 88/93, Sattlerei, Glaserei, Zentrum geradeaus, Neuchâtel links, Delémont/Solothurn rechts. Luigi Crippa, Flint macht es leicht, hart zu sein, Helbling Plaza, Apotheke Arzneimittel Hoechst; es geht ein wenig im Kreis herum. Madretsch, herein da! Dem vor der Nase durch. Hinein in die Stadt. Spar & Leihkasse, Reparaturen, Milch, Milchprodukte, Zentrum. Occasionsautos, leere Häuser, die sich nicht mehr lohnen. Schöne Häuser, wie sie heute nirgends mehr gebaut werden. Marché aux Puces, Kuriositäten. Die Bieler Jugend, die meint, sie könne ein anderes Leben führen als dasjenige, das man ihr vorschreibt. Über den Kreuzplatz in Madretsch. Wir befinden uns in proletarischer Gefahrenzone. Fenster und Türen schliessen! Möbelhaus, wieder die halb heruntergerissenen Plakate, diesmal gegen Atomkraftwerke. Du meine Güte. Spar & Leihkasse. Lamellenstoren. Milchprodukte. Hinein in die kaputte Strasse mit den Löchern, mit den Ruinen.

Du weisst, eigenartigerweise kennen wir viele Leute, die es vorziehen, in solch verwahrlosten Häusern zu wohnen statt in den neuerstellten Möbel-Pfister-Kasernen. Klar, preislich sind sie günstiger, aber nicht nur deswegen. Ich weiss schon. Das sind Häuser, das sind Wohnungen, die als solche gedacht sind, wo man sich noch wohl drin fühlen kann, die nicht nach dem Prinzip der Profitmaximierung gebaut sind, sondern nach den Vorstellungen der Leute, die noch wussten, wie ein Haus, eine Wohnung auszusehen hat.

Heute sucht man die Altwohnungen, nimmt Unannehmlichkeiten in Kauf, streicht und repariert wochenlang, wird noch und noch übers Ohr gehauen und verzagt dennoch nicht. Lieber in einem Fin-de-siècle-Haus wohnen und Heizprobleme haben als sich aufgeben.

Da siehst du dann die weissgetünchten Zimmer, die Kokosläufer, die blauen und grünen Badezimmer, sogar Palmen und Meeresstrand an die Wand gemalt, eine Toilette mit einem dunkelblauen Sternenhimmel kenn ich, die violetten und rosa Küchen, die gelben und roten Röhren, blaue und hellgrüne Fensterrahmen, dazu allerlei Eigenbaumobiliar, Felle und Teppiche, Kinderzeichnungen, Sammelsurien und ein volles Gewürztablar, obwohl es meistens nur Spaghetti gibt oder rohen Reis und reichlich Chianti.

Kaffee, meist mit Schnaps, falls die Leute nicht auf dem Purifikationstrip sind, einen ehrlichen alten Bob Dylan oder Dollar Brand aus den Boxen an der Wand; dann kommen die Ehe- und Erziehungsprobleme; denn die Freunde, mit denen man seinerzeit vor dem Hotel Schweizerhof im Tränengas gestanden hat, haben jetzt Kinderprobleme, Neill hin oder her, man will seine Ruhe haben. Sie wohnen in alten Häusern und sprechen meist über vergangene Zeiten; es ist schwierig, die Gegenwart einzubeziehen, schwieriger als bei Leuten, die keine Vergangenheit haben. Dabei ist nur die Zukunft tabu. Wohl gibt's ein paar vage Spekulationen, aber niemand nimmt sie ernst; alle haben gelernt, dass immer alles anders kommt.

Candio-Uhren. Candido wäre schöner, als Erinnerung an den mit Schimpf und Schande weggejagten Rousseau. Sabag. Baumaterial. Küchen. Platten. Sanitär. Das Kongresshaus, markanter Stützpunkt, falsch verstandener Mordernismus. Boucherie Charcuterie. Uhrenladen, immerhin einer. Café Restaurant Stadtgarten. Migros, Sabag oder Savag. Hinein. Zentralstrasse, wenn wir uns nicht täuschen. Und auch da! Autoausstellung! Eine Welt der gewaltsam zurückgehaltenen Übertreibung. Technik und Ästhetik, weiche Teppiche, Blumenschmuck und bunte Schleifen, eine Palme, Gartenstühle, locker und ungezwungen, Zauberadjektive, junge Herren in Anzügen, eine Spur zu modern, keck-bunte Krawatten, gedämpfte Musik, Südwestfunk drei, ein betörend schönes Fräulein hinter der improvisierten Kaffeebar, an den Wänden die grossen Poster: Auto des Jahres, Ein Auto für Sie, Der ständige Begleiter, Spritzig und Sportlich. Wie gefesselte Tiger stehen die blitzenden Wagen herum auf Parkett, so, als würden sie im nächsten Augenblick vor Wut explodieren. Gut greifbar überall die Hochglanzkunstdruckprospekte, mal hier, mal da etwas blättern, Standbein, Spielbein, Spielbein, Standbein. Haben Sie etwas gefunden? Nein, ich schaue nur. Bitte sehr! Haben Sie das neue Modell schon beachtet? Alles Servo, Sportfelgen, Nebellichter, elektronische Scheibenwaschanlage. Elektronische Scheibenwaschanlage? Toll! Wirklich. Nicht wahr? Und die Sitze siebenundzwanzigfach verstellbar, eingebautes Stereo in allen Wagen und metallisierte Farbe. Das Auto, das zu Ihnen passen würde.

Das Auto, das zu mir passen würde. Ich möchte lieber das Kaffeefräulein. Ich möchte mich mir ihr auf die warmbraunen Sammetrücksitze des Spitzenmodells legen, ihr in die Bluse greifen, an den Mamellen lutschen. Aber die ist nicht zu haben, die gehört zum Interieur; kaufen kann man nur die Autos. Ob sie mit mir komme, wenn ich eines kaufe? Sie lacht; sie ist sich diese peinlichen Witze gewohnt. Wollen Sie einen Kaffee? Natürlich will ich einen Kaffee von Ihnen.

Ein schöner roter Porsche. Ein roter Turbo-Porsche, habe ich mir sagen lassen, koste ein Vermögen; der andere, ein ehemaliger Eishockeyspieler, Frauenschänder und wehleidiger Faulpelz, hat davon erzählt, wie es ist, einen Porsche zu fahren. Er habe viel zuviel Kraft. Auf Nässe oder Schnee schwimmen die breiten Reifen; das täten sie auch, wenn man auf trockener Strasse zu viel Gas gebe. Ein gewöhnlicher Service koste zweitausend Franken. Nicht einmal er habe die Kosten tragen können auf die Dauer. Aber die Frauen seien ihm nur so zugeflogen, damals mit dem Porsche. Und was für Stücke! Die besten Stücke von Bern! Jetzt habe er einen Alfa gekauft und einen gutgehenden Frisiersalon geheiratet; er müsse ja auch an die Zukunft denken. Er sei einfach zu Rita gegangen, und die habe ihm eine Nacht lang den Rücken zerkratzt. Und wie die gestöhnt habe!

Der Lieblingsschauspieler von Truffaut spielt einen Jugendlichen, der sich nicht so recht entscheiden kann zwischen Autofimmel und Frauenliebe. Später habe ich mir den Film noch einmal angesehen, und ich habe nichts davon bemerkt. Als die Autoliebe im Eimer war, kam die Frauenliebe, und das ist nur im Film so, so wie Truffaut, glaube ich, gesagt hat, dass die Filmwelt die beste aller Welten sei. Oder so ähnlich. Deshalb ist im Film alles erlaubt.

Snack. Café Bar Sunny Corner, obwohl von Sonne keine Spur weit und breit ist. Sunny Corner Super Discount. Restaurant Börse. Warten. Jetzt weisst du nichts mehr zu sagen. Es geht nicht mehr weiter, du siehst es ja. Man darf nicht mehr weiter fahren. Man sieht zwar noch die Häuser, die Gebäude des Zentralplatzes, aber was nützt das? Auf der andern Seite geht es den Jura hoch. Aber es franst aus, es gibt nichts mehr.

Von Alex Gfeller ist bisher erschienen:

Marthe Lochers Erzählungen
Roman, 176 Seiten, 16.80

„Zweifellos, hier greift ein Schriftsteller ein Thema auf, das aufzugreifen nötig ist. Hier erleben wir Gegenwartselend ebenso wie die plötzlich aufblitzende utopische Hoffnung, die allerdings gleich wieder durch die triste Alltagswelt zerstört wird.
Im Lebens- und Leidensweg der Textilarbeiterin Marthe Locher manifestiert sich all die Ungerechtigkeit, die unsere gesellschaftliche Seelenlosigkeit zu bieten hat. Mithin also ein Buch voller Engagement, voller Emotionen, voller Hinweise und ein echter Fundus für kritische Leute."
(Schaffhauser Nachrichten)